Hoy es tu primer día en la prisión, el lugar es mucho peor de lo que imaginabas. Ya has conocido a Blas y Valero, los guardias de seguridad que te han quitado tus objetos personales y te han dado tu nuevo uniforme naranja. Blas es un hombre joven, con un olor muy fuerte, como si hiciera deporte a diario, pero se olvidase de la posterior ducha. Valero parece un veterano, de esos guardias que llevan trabajando en el infierno toda su vida. Ninguno de los dos ha sido especialmente simpático contigo.

En tu cabeza solo hay una cosa, escapar de la prisión. Sabes que tienes que hacerlo, el tiempo es oro y corre en tu contra.

Valero te guía por un sucio pasillo hasta tu celda, la 313. Con una sonrisa en la cara se despide de ti y cierra la puerta.

- Espero que tengas unas buenas vacaciones.

La celda es sencilla, dos camas, una a cada lado de la habitación, una mesita de noche junto a cada cama, un váter al fondo tapado por una cortina blanca y una pequeña ventana que no se puede abrir.

Te sientas en la cama y empiezas a recordar los consejos que te dieron: las personas en la prisión solo actúan por interés, no hay buenos y malos, todos pueden ser tus amigos o enemigos si con ello obtienen algún beneficio.

La puerta de la celda se abre, Valero empuja a un hombre de unos 60 años dentro de la celda, este se sienta en la cama frente a ti.

- Buenos días compañero, mi nombre es Armando, parece que vamos a estar un tiempo juntos. ¿Cómo has llegado hasta aquí?

Le miras fijamente, no contestas.

- Veo que no eres muy hablador, nadie lo es al principio. Pero bueno, con el tiempo todo cambia. - Tu nuevo compañero se tumba en la cama y cierra los ojos. - Y si hay algo que tenemos aquí es mucho tiempo...

Vuelves a centrarte en tus pensamientos: para escapar de la prisión necesitarás aliados, debes identificar a aquellos que deseen huir tanto como tú y preparar el plan cuidando todos los detalles, no puedes dejar ni un solo elemento fuera de control, solo tendrás una oportunidad.

La puerta se abre, de nuevo Valero es quien está al otro lado, tiene una porra en su mano, se dirige hacia vosotros con un tono de superioridad.

- ¡Vamos! Al patio, tenéis media hora. Y tú, nuevo, no quiero problemas, ¿entendido?

Mueves la cabeza de arriba hacia abajo en señal de que has comprendido sus instrucciones, Armando y tú salís de la celda y os dirigís al patio por un viejo pasillo. Tu compañero vuelve a hablarte.

- El primer día es el más importante, todos saben que eres nuevo aquí y van a comprobar si pueden controlarte. Te voy a dar un consejo muchacho, aquí hay diferentes clanes peleados entre sí, no busques enemigos demasiado rápido.

Un guardia abre la gran puerta metálica que da acceso al exterior, vuelves a ver el sol y el cielo, piensas en lo hermosos que son. El patio es una zona cuadrada controlada por una torre con un guardia, hay una pista de baloncesto y una zona con pesas que intenta imitar a un gimnasio, unos diez presos sin pelo y con tatuajes en la cabeza están sentados en las escaleras. Armando continúa con sus explicaciones.

- Esos de ahí son los latinos, van juntos a todas partes y son muy peligrosos, siempre dicen: "o estás con nosotros, o contra nosotros". Personalmente te recomiendo que les ignores, vivirás más tiempo. ¿Ves a ese de ahí? ¿El del tatuaje de la serpiente en la cabeza? Se llama Jhony y es su líder, está condenado a tantos años de prisión que podría pasar aquí tres vidas. Los que juegan al baloncesto son más tranquilos, Jorge es un buen tipo, antes era jugador profesional en el Valencia, una noche de borrachera decidió volver a casa en coche y... acabó aquí. Y a ese que viene por ahí te conviene tenerle contento.

Tres presos se acercan a vosotros, uno de ellos lleva un lujoso reloj de oro, él es quien toma la palabra.

- Bienvenido a mi prisión, puedes llamarme "Jefe", aquí cualquier negocio tiene que pasar por mis manos. A cambio ofrezco protección, información y... todo lo que necesites. Digamos que soy Dios en este lugar, ¿necesitas saber algo de alguien? Yo te lo digo. ¿Quieres tener un cuadro de Picasso en tu celda? Yo te lo consigo. A cambio necesito saber que puedo contar contigo. Te llamaré por la mañana, por la tarde o por la noche y tú estarás ahí para escuchar mi petición, ¿está claro?

Si decides responder y decir que sí, ve a la página 4

Si prefieres no decir nada, ve a la página 5

- Sí, perfectamente claro.

- Así me gusta, creo que vas a ser un buen socio. Si necesitas algo, lo que sea, sabes que puedes hablar conmigo. – El Jefe se despide de ti con un fuerte apretón de manos.

La hora del patio termina y los presos vuelven a sus celdas, entras en la 313, seguido de Armando. De nuevo tu compañero comienza la conversación.

- Has hecho lo correcto, amigo. Ten mucho cuidado con el Jefe, tiene muchos contactos tanto dentro de la prisión como fuera de ella, sus ojos y oídos están por todas partes. Si te ayuda con algo, vas a tener que devolverle el favor, en pocas palabras, de un modo u otro, acabarás trabajando para él.

Un detalle en la frase de tu compañero llama tu atención, no puedes evitar preguntar.

- ¿Y sabes si el Jefe tiene contactos también entre los guardias? ¿Crees que podría ayudarme a salir de aquí? – Tus palabras sorprenden a tu compañero, no ocultas tu desesperación por huir. – Puedo pagar lo que haga falta.

- Ohh, ohh, vas muy rápido amigo. ¿Tu primer día en la cárcel y ya estás pensando en escapar? Te voy a decir una cosa, yo llevo en este agujero veinte años, los cinco primeros estuve pensando en fugarme, pero poco a poco descubrí que es casi imposible. ¿Piensas que puedes ir corriendo y saltar las dos vallas del patio sin que te disparen los guardias? Hace tres años unos prisioneros lo intentaron, estuvieron meses planeándolo, finalmente una noche provocaron un incendio en la cocina, el fuego encendió todas las alarmas y ellos salieron corriendo por un agujero que habían hecho antes en la valla del patio, los guardias les atraparon en la segunda valla, no tuvieron en cuenta que estaba electrificada.

- ¿Y crees que si hubieran tenido guantes de goma podrían haber escapado?

- Hmmm, quizás. Pero tranquilo amigo, acabas de llegar. ¿Qué tienes ahí fuera que necesitas escapar con tanta prisa?

<u>Si quieres contarle la verdad a Armando, ve a la página 6</u>

<u>Si decides contarle una mentira y parecer un preso normal, ve a la página 17</u>

Te quedas en completo silencio, giras la cabeza y comienzas a caminar hacia la pista de baloncesto.

- ¿Qué tal está tu padre? ¿Ha salido ya del hospital? – El Jefe se dirige hacia ti, mete su mano en el bolsillo y te muestra algo. - ¿Ves esto de aquí? ¿Te suena de algo?

Miras el objeto negro que sale del bolsillo del Jefe, es tu teléfono móvil, te preguntas cómo puede estar en su poder, recuerdas que te lo quitaron los guardias al entrar en prisión y debería estar guardado junto con tus otros objetos personales.

Tu sorpresa solo te permite pronunciar una palabra.

- ¿Cómo?...

El Jefe comienza su discurso con energía.

- La pregunta no es el cómo, ni el cuándo, sino el porqué. Y el porqué de la cuestión es el poder, vivimos en el mundo de la información mi querido amigo, y la información es poder. Conseguir tu teléfono no ha sido difícil, descubrir que tu código PIN es la fecha de la muerte de tu abuelo me ha emocionado. Pero la cantidad de cosas que podré saber gracias a este pequeño aparato no tiene precio, y eso, amigo mío, eso es poder.

Escuchas con atención las palabras del Jefe, no puedes ocultar tu rabia, intentas conectar situaciones, miras a la puerta, allí están los guardias Blas y Valero observando la situación. Por un momento piensas en ir corriendo hacia ellos y contarles todo lo que ha pasado.

- Yo en tú lugar no lo haría. – Armando, tu compañero de celda, lee tus intenciones y te aconseja. – Solo intento ayudarte, créeme. No hables con los guardias.

El Jefe continúa con su discurso.

- El viejo tiene razón, no seas tonto y acepta la realidad, aquí dentro no existe la ley. Y ahora volvamos a lo realmente importante. En esta prisión todo debe pasar por mis manos: cualquier negocio, cualquier problema que tengas, cualquier decisión que tomes o cualquier estupidez que hagas, absolutamente todo. Y ahora repito, ¿está claro?

Si decides responder y decir que sí, ve a la página 4

Si prefieres ir corriendo hacia los guardias y hablar con ellos, ve a la página 8

- Es un asunto de vida o muerte, no puedo hablar del tema.

Armando se ríe de tu respuesta.

- ¿Vida o muerte? Por favor, necesito saberlo. Soy un anciano que va a pasar el resto de su vida en prisión, has tenido suerte de que sea tu compañero de celda muchacho, creo que soy el único en este infierno que ya no tiene intereses personales. Yo simplemente paso los días, uno tras otro. Tu secreto está a salvo conmigo.

Hay algo en Armando que te inspira confianza, incluso puede ser un importante aliado para escapar de prisión, tras pensarlo dos veces decides contarle todo.

- Trabajaba en "Asuntos Internos", la policía que investiga a la policía, estaba trabajando en el caso de unos agentes que habían recibido sobornos, no parecía nada grande, hasta que descubrí la conexión con ARTUS, la empresa que gestiona más de la mitad de las prisiones del país.

- ARTUS... – Tu compañero escucha tu historia con interés. - Los guardias de seguridad llevan escrito ARTUS en el uniforme

- Pues ya sabes que este precioso hotel donde estamos es propiedad de la corporación ARTUS ¿Y sabías que el gobierno paga cada mes por los prisioneros que hay aquí? Exactamente igual que un hotel. Descubrí facturas falsas, presos que no existen, toda una red de corrupción creada para robar dinero público, deben tener alguna conexión en el ministerio, todavía no sé quién es.

- ¿Y cómo has terminado aquí? – Armando ya parece fascinado. - ¿Eres un agente infiltrado?

- No, ojalá lo fuera. He sido traicionado y secuestrado por mis propios compañeros. Informé a mi superior ayer por la tarde, le dije todo lo que sabía. De camino a mi casa vi un accidente, paré mi coche para ver si podía ayudar, a los pocos segundos aparecieron dos patrullas de policía, sin decir ni una palabra me esposaron y me metieron en su coche, me llevaron a la comisaría donde pasé la noche sin poder hacer ni una llamada. Esta mañana me han trasladado aquí, creo que no tienen intención de que salga.

- ¿Y qué vas a hacer?

- Escapar de aquí, cueste lo que cueste.

- No lo harás sin ayuda. Si lo que me has dicho es verdad debes tener cuidado, en esta prisión hay varios asesinos que matarían por dinero. Jhony, el líder de los latinos es especialmente peligroso. – Parece que Armando está decidido a cooperar. – Debes tener presente que aquí todo el mundo tiene un precio, y no siempre es dinero lo que la gente necesita.

- ¿Y qué me dices de los guardias?

- Valero, el más veterano, trabaja aquí toda la vida, demasiado tiempo entre estos muros para un hombre. Ha visto lo peor de esta sociedad, de algún modo todo esto ha influido negativamente en él. Es un tipo duro que siempre quiere demostrar que es mejor que tú, sin embargo, el dinero es su debilidad, es un secreto a voces que hace todo lo que el Jefe le pide.

Piensas que los vigilantes son la clave para poder escapar de la prisión, continúas con tus preguntas.

- ¿Y el otro guardia? ¿El joven?

- Blas, empezó a trabajar aquí el año pasado. Parece un hombre serio, no suele ser el protagonista de las peleas, su compañero Valero tiene el control.

- ¿Crees que el Jefe podría influir en ellos? Para... no sé... dejar una valla sin vigilar, o algo así.

Armando dibuja un mapa imaginario de la cárcel con un dedo sobre la cama.

- Aquí está el patio, aquí la segunda valla, hay más de veinte metros entre un punto y otro. Lo que propones es muy arriesgado, la segunda valla está electrificada y los vigilantes no dudan en disparar si ven que hay problemas.

- No me importan los problemas, voy a salir de aquí.

- En tal caso, sí, creo que el Jefe podría ayudarte, aunque debes saber que no te saldrá gratis, ese hombre solo actúa por interés, no te ayudará si no obtiene ningún beneficio de ello.

Se abre la puerta con un fuerte ruido, Armando y tú os asustáis, Valero entra en la celda y grita.

- ¡Al comedor! Es la hora de vuestra carne de rata. ¡Rápido!

Os dirigís hacia el comedor, allí están la mayoría de los presos. La sala está dividida en dos zonas, Valero os separa.

- Armando, tú a la zona A, y tú, nuevo, a la zona B.

Te quedas solo, haces cola para recoger tu comida, una sopa de color naranja y un trozo de pescado seco. Escuchas como varios presos se quejan a las cocineras por la comida, todos se callan cuando se acerca Valero.

Te diriges con tu bandeja hacia las mesas y ves que solo hay dos sitios donde puedes sentarte, en la mesa de los latinos junto a cinco de ellos o en una mesa donde hay un hombre solitario que parece no tener amigos.

Si decides sentarte con los latinos, ve a la página 9.

Si te sientas con el hombre solitario, ve a la página 10

No lo piensas dos veces, corres hacia los guardias al tiempo que gritas.

- ¡Ayuda! Ese hombre tiene mi teléfono móvil.

Blas y Valero se miran, este último es quien te contesta.

- Eso es imposible.

- De verdad, el mismo teléfono que me quitaron al entrar en la prisión. – Tu voz suena acelerada y nerviosa. - Lo he visto con mis propios ojos.

Sin decir ni una palabra, Valero camina con paso firme hacia el Jefe. Comienza a registrar los bolsillos, le cachea las piernas e incluso inspecciona sus zapatos. Puedes ver una desafiante sonrisa en la cara del Jefe.

Valero termina con su registro y se gira hacia ti.

- A ver "nuevo", aquí no hay nada. Mentir a los guardias puede traerte problemas. ¿Tan pronto quieres conocer las celdas especiales que tenemos en el pabellón de aislamiento? Sin compañía, ni luz, ni cama, ni nada. Solo cuatro paredes y tú.

Blas escucha todo sin abrir la boca, parece que no se atreve a cuestionar la autoridad del veterano Valero.

- Tranquilo, seguro que ha sido un malentendido. – El Jefe simula que te defiende con un tono de superioridad insultante. – Es su primer día aquí, nunca es fácil acostumbrarse a este lugar.

- De acuerdo, lo dejaremos pasar. Pero que sea la última vez que me mientes.

Valero te mira de un modo desafiante y te señala con el dedo mientras habla.

Suena el timbre que indica que la hora del patio ha terminado. Los presos vuelven a sus celdas de manera ordenada. Entras en la 313 seguido de Armando. Te sientas en la cama y reflexionas sobre lo que ha pasado. El Jefe es un preso, ¿cómo puede tener control sobre los guardias? Tiene tu teléfono, quizás podría permitirte utilizarlo. Con un teléfono en tu poder la huida de la prisión podría ser más sencilla.

Armando se sienta a tu lado y comienza a hablarte.

- Debes tener más cuidado amigo. El Jefe tiene muchos contactos tanto en la prisión como fuera de ella, sus ojos y oídos están por todas partes.

- Él tenía mi...

No puedes terminar la frase pues la puerta se abre de golpe. Valero entra en la celda.

- Nuevo, ven conmigo.

Sientes el miedo en tu cuerpo, los guardias pueden haber cambiado de opinión, por un momento piensas en lo peor. Os dirigís hacia el bloque donde están los presos de larga duración. En una de las celdas hay una discusión, Valero se acerca a ver qué pasa. Durante unos segundos no te presta atención, ¿actúas?

Si no haces nada y esperas a que vuelva Valero, ve a la página 12.

Si sales corriendo e intentas escapar, ve a la página 14

Te acercas a la mesa, cinco hombres con tatuajes idénticos en el cuello y cabezas rapadas están comiendo y bromeando. Te sientas en el único sitio libre que hay y, con decisión, saludas a tus compañeros de mesa.

- Buenos días. Buen provecho.

Ninguno responde, sus caras son de sorpresa. Parece que eres el primero que se sienta con ellos sin invitación previa desde hace mucho tiempo. Uno de los latinos te quita el pan de tu bandeja y le da un bocado. Te habla con la boca llena de pan, sonríe de forma desafiante.

- Gracias hermano.

Jhony, el líder del grupo, interviene. Golpea a su compañero en la cabeza con la mano abierta, este expulsa el pan que tenía en la boca, todos se ríen.

- Un poco de respeto, por favor. Me gustan los nuevos, tienen tanto que aprender... Y este especialmente parece no tener miedo a nada. Mirad sus ojos, todavía brillan como los de un tigre de bengala, el tiempo dirá si se convierte en un gatito, o en un buitre, o quizás en un sapo.

Le quitas el trozo de pan al latino de la mano, comienzas a comer tu sopa mientras Jhony sigue con su discurso.

- Mirad todos, es su primer día en el infierno y... ¿Con quién ha decidido pasarlo? Con nosotros. Así es muchachos, puede que tengamos ante nuestros ojos a un nuevo hermano de otra madre. – Jhony te mira fijamente. - Si juras lealtad y fidelidad al grupo, formarás parte de una familia. Nosotros nos cuidamos unos a otros aquí dentro, nos protegemos como hermanos, tus problemas serán los míos y, si alguien te hace algo malo, nos lo estará haciendo a todos.

Escuchas sus palabras y piensas en tus opciones, por un lado, los latinos parecen unos locos fanáticos, pero por otro lado un poco de protección no te vendría mal. Para escapar de prisión podrían ser unos poderosos aliados. Jhony se sienta junto a ti y te ofrece su mano.

- Ahora te voy a hacer una pregunta muy sencilla. ¿Estás con nosotros o contra nosotros?

Si contestas que estás con ellos, ve a la página 44

Si respondes que estás contra ellos, ve a la página 24

Te acercas a la mesa, el hombre que está sentado en ella parece tranquilo, de unos 40 años, lleva gafas y una barba perfectamente afeitada.

- ¿Puedo sentarme?

- Vivimos en un mundo libre, parece irónico decirlo desde aquí dentro, pero así es. Mi nombre es Félix. ¿Y el tuyo?

- Pues desde que estoy aquí me llaman "nuevo". – Piensas que Félix es un hombre más normal que la mayoría de los presos que has visto, podría ser interesante conocerle un poco más. Sacas un pelo largo de tu sopa, se lo muestras a tu compañero y continúas hablando con un tono irónico – ¿Y cómo has acabado en este resort turístico de cinco estrellas?

Félix se ríe de la situación y te contesta.

- Pues... digamos que por un error de cálculo.

- ¿Cómo?

- Al parecer un gramo de TNT puede ser la diferencia entre hacer una explosión controlada con un simple agujero en la montaña y destruir por completo la casa del vecino.

La situación te parece cómica, no puedes evitar reírte.

- Parece un típico problema de vecinos...

Félix continúa con sus explicaciones.

- Pues debo ser el preso con la historia más ridícula del mundo. Por suerte dentro de la casa solo estaba el gato, no tendré que pasar muchos años aquí en prisión. Yo quería hacer una cueva en la montaña para mi laboratorio. Analicé el terreno, la mezcla era perfecta, no sé qué pudo salir mal. La verdad es que lo siento por el gato, preferiría que hubiera estado mi vecino en su lugar.

- ¿Así que eres científico? ¿Trabajas en alguna empresa importante?

- No, soy más bien un apasionado de la ciencia.

Feliz coge un limón de tu bandeja, saca una moneda de cobre de su bolsillo, utiliza la moneda para sacar un tornillo metálico de la mesa, introduce el tornillo y la moneda en el limón, conecta sus gafas con el tornillo y como por arte de magia se enciende una pequeña luz que tienen las gafas.

- ¿Magia? No, ciencia.

- Impresionante. - No puedes ocultar tu asombro. – Debo admitir que es un buen truco.

Félix se emociona al ver que tiene un admirador y no puede evitar continuar hablando de ciencia.

- Pues con la cantidad de ácido que tiene esa sopa, la podría convertir en una bomba, y si me das dos cucharas y una manzana...

Interrumpes al científico amateur pues una de sus frases ha llamado tu atención.

- ¿Dices que puedes fabricar explosivos caseros? Digamos una pequeña bomba con los objetos que tenemos aquí dentro de la prisión.

- Pues claro, tú dame un poco del ácido que utilizan las cocineras para hacer la gelatina, papel de aluminio y una botella vacía y tendrás tu pequeña bomba casera. Pero si quieres algo más grande, algo que haga un auténtico ¡Boom! Entonces voy a necesitar el producto que utilizan para limpiar el agua de la prisión.

Félix habla sin parar y sin control, parece un niño pequeño discutiendo sobre Pokemon, Star Wars o cualquiera de sus fantasías. Cientos de ideas pasan al mismo tiempo por tu cabeza, los conocimientos de tu nuevo amigo podrían ser muy útiles para poder escapar.

La hora de la comida termina, los guardias distribuyen a los presos en grupos. Valero toma la palabra.

- Muy bien, escuchadme todos, es la hora de trabajar. Que cada uno siga a su líder de equipo. Puedes ver como los presos se separan en diferentes filas. Félix se pone en la fila de la cocina, mientras que los latinos y Jorge, el exjugador de baloncesto, se ponen en la fila de jardinería.

Valero se acerca a ti y te dice:

- Tú, "nuevo". ¿Qué vas a hacer? ¿Te unes al grupo de cocina o al de jardinería?

Si decides unirte al grupo de cocina, ve a la página 37

Si decides unirte al grupo de jardinería, ve a la página 112

Valero calma a los presos con unos golpes en la puerta, vuelve hacia ti y continuáis andando. ¿Dónde te llevará? ¿A la oficina del director de la prisión? ¿A una celda de aislamiento? ¿A un lugar todavía peor? Finalmente os detenéis delante de la celda número 521. Valero abre la puerta y te empuja al interior.

- Bienvenido a mi humilde morada.

El Jefe te saluda desde un sillón de cuero que está al fondo de una luminosa habitación.

Miras a tu alrededor sorprendido. Aquello no parece una celda normal, tiene radio, cuadros y una cama mucho mejor que la del resto de presos.

- Así es amigo, esta es mi celda, ¿te gustaría tener una igual? – El Jefe hace un gesto con la mano para indicarte que te sientes en su cama, obedeces sin decir nada. Él continúa hablando. - ¿Quién eres? Siempre investigo el pasado de todos los prisioneros, con más o con menos dificultades consigo descubrir todos los detalles de sus vidas, por qué están aquí, cuáles son sus intenciones y lo más importante, si puedo confiar en ellos. Pero con tu historia estoy sorprendido, toda tu información ha sido borrada. No tienes nombre ni en la prisión ni fuera de ella, no hay fotos tuyas en internet, no tienes cuentas en el banco ni redes sociales, tu teléfono ha sido borrado por completo. Solo sé que tu padre está en el hospital y que tu PIN del teléfono es la fecha de la muerte de tu abuelo porque se lo dijiste a los guardias al entrar en prisión. Ahora espero que tú me des las respuestas que busco.

Las palabras del Jefe te alarman, no te sorprende que hayan borrado tu pasado, parece claro que quieren que desaparezcas, piensas en contarle toda tu historia, necesitas ayuda para recuperar tu vida.

- ¿Cómo sé que puedo confiar en ti? – Preguntas con decisión. - ¿Qué no me matarás?

- No lo sabes, pero creo que soy tu mejor opción aquí dentro. Por lo que veo tienes unos enemigos muy poderosos, ¿quiénes?, ¿el gobierno?, ¿el ejército?, ¿la mafia?

- ¿Y para cual de ellos trabajas tú? Tu celda no es precisamente normal.

Piensas que esos privilegios que tiene deben ser por algo. El Jefe responde a tu pregunta.

- Yo no trabajo para nadie, sobrevivo aquí dentro y desafío al poder. Digamos que tengo información delicada de varios altos cargos.

- ¿Si te digo la verdad me devolverás mi teléfono?

El Jefe acepta el trato, teléfono por información.

- Todo tuyo, lo tendrás cuando sepa que estás de mi parte. El teléfono está completamente borrado y no tiene línea.

- Descubrí una gran trama de corrupción de la empresa ARTUS, la propietaria de esta y otras muchas prisiones del país. Falsificaban documentos para obtener grandes cantidades de dinero público. Hay muchos altos cargos de la policía y del gobierno implicados.

El Jefe reflexiona y trata de completar tu historia.

- Hm, muy interesante. Entiendo que trabajabas en algún tipo de departamento público como investigador, lo más normal es que te hubieran puesto una medalla por tu trabajo, pero creo que le contaste todo esto a la persona equivocada, déjame adivinar, ¿un comisario de la policía?

- Exactamente. – Te echas las manos a la cabeza al recordar ese momento. – Mi superior, el comisario jefe de asuntos internos, ¿cómo podía estar implicado? Todavía me cuesta creerlo. Organizaron mi desaparición en cuestión de minutos, unos policías me secuestraron de camino a mi casa y me acusaron de asesinato, obviamente no me dejaron comunicarme con nadie y aquí he terminado.

El Jefe parece haberse interesado realmente por tu historia. Pone su mano en tu hombro y te da ánimos.

- Tranquilo "nuevo", has tenido la suerte de conocerme. Desde hace tiempo quiero ver hundida a la empresa ARTUS y tú me acabas de dar el arma que necesito, un escándalo público. Vamos a trabajar juntos y vamos a conseguir que salgas de esta prisión y cuentes toda tu historia en los medios de comunicación.

Las palabras del Jefe te animan, necesitas un aliado poderoso con contactos y capaz de abrir puertas. Te interesas por el plan a seguir.

- ¿Qué vamos a hacer?

- Solo tendremos una oportunidad así que habrá que planearlo muy bien. Para empezar, toma esto. – El Jefe te ofrece una pequeña botellita de plástico con un líquido verde en su interior. – Si bebes este líquido, conocerás a Cristina. Debes decirle que el Jefe necesita somníferos, puedes utilizar la palabra "telaraña" en caso de que no quiera colaborar, es mi contraseña personal. Si aun así no te los quiere dar, recuérdale que su hijo Mario tiene clases de karate los martes a las 18:00.

- ¿Qué es este líquido? Es la primera vez en mi vida que veo algo así.

- Tú confía en mí y saldrás de este lugar sin que nadie se entere. Recuerda, bébete todo el líquido cuando llegues a tu celda.

El Jefe se despide de ti con un fuerte apretón de manos. Seguidamente golpea la puerta tres veces y Valero la abre desde el otro lado. El veterano guardia te conduce a través de los pasillos hasta tu celda.

- Vamos "nuevo", el paseíto ha terminado.

Te sientas en la cama, tu compañero Armando está durmiendo, coges la pequeña botella que el Jefe te ha dado, podría ser veneno, o quizás algún tipo de relajante, o incluso alguna sustancia alucinógena. No sabes bien qué hacer, no sabes si puedes confiar en el Jefe, ves que tu compañero tiene sobre su mesita de noche un vaso lleno de zumo de manzana.

<u>Si haces caso al Jefe y bebes el líquido verde, ve a la página 31</u>

<u>Si decides verter el líquido en el vaso de Armando, ve a la página 27</u>

Es tu oportunidad, ahora o nunca, Valero está distraído gritando a través de la ventanilla de una celda. No lo piensas dos veces, corres con todas tus energías en dirección a la puerta, la abres de un golpe y continúas corriendo por el pasillo, algunos presos te animan con sus gritos.

- ¡Vamos! ¡Escapa!

Escuchas como Valero te persigue, el veterano vigilante tiene una buena condición física para su edad. Te diriges hacia el patio, no sabes con certeza cuáles serán tus siguientes pasos, sin embargo, tu objetivo está claro: huir.

Piensas en milésimas de segundo, te diriges hacia la valla, con un poco de suerte no habrá ningún guardia en la torre y conseguirás saltarla antes de que Valero te atrape.

Abres la puerta del patio de una patada, miras rápidamente a tu alrededor, el vigilante está en la torre utilizando su teléfono, todavía no te ha visto, corres en dirección a la valla, Valero sale por la puerta y grita.

- ¡Alto!

El guardia de la torre te ve, toca el botón de alarma al tiempo que carga su escopeta de bolas, la sirena de emergencia empieza a sonar por megafonía.

Corres desesperadamente, sabes que ya no hay vuelta atrás. De un potente salto llegas hasta la mitad de la valla, trepas hasta la parte superior donde tu ropa se enreda con el alambre de espino. Sientes dolor, puedes ver la sangre corriendo por tus brazos, no te importa, desde arriba de la valla ves el bosque que está fuera de la prisión, la libertad. Con un movimiento fuerte consigues liberarte del alambre, caes al otro lado de la valla, puede que te hayas roto un pie, pero no te importa, con la ropa rota continúas hacia la segunda valla, lo único que te separa de la libertad.

El vigilante de la torre continúa cargando su arma, por los nervios le cuesta más de lo normal. Valero desesperado grita desde el patio a su compañero.

- ¡Dispara! ¿A qué esperas?

Llegas hasta el último obstáculo que te separa del exterior, escalas con tus manos ya totalmente rojas por la sangre, la valla está electrificada, sientes potentes descargas por todo tu cuerpo, resistes como puedes y subes un metro, dos, tres.

- ¡Dispara! – Valero continúa gritando desde la primera valla. - ¡Ahora!

- ¡Pum! –

El fuerte sonido del arma retumba por todo el patio.

Sientes un dolor inhumano en tu espalda, tus manos se sueltan de la valla y caes al suelo, el golpe es durísimo. Ves el sol en el cielo azul, piensas en lo cerca que has estado de ser libre, los pájaros vuelan en todas direcciones como locos a causa del disparo. El sol ilumina y calienta tu cara, es una sensación placentera y agradable. Tu vista, poco a poco, empieza a fallar, todo da vueltas sobre tu cabeza y finalmente pierdes la conciencia.

Despiertas en una sala blanca, parece un hospital, estás conectado a varias máquinas, no puedes sentir las piernas. Ves como un guardia se levanta de su silla, abre la puerta y sale al tiempo que grita.

- ¡Está despierto!

Intentas levantarte, pero no puedes, te duele todo. Una joven doctora entra en la habitación.

- No te muevas, podría ser peor. – La mujer se acerca a la cama y comprueba el estado del suero intravenoso. – Tienes varios huesos rotos, estás vivo de milagro.

- ¿Dónde estoy? ¿Quién eres?

- Me llamo Cristina, soy la doctora de la prisión, estás en la enfermería. Llevas tres días en coma. ¿Recuerdas algo de lo que pasó?

- Me dispararon por la espalda. - Incluso hablar te resulta doloroso. – Estaba ya casi arriba, me faltó muy poco.

- Muy poco te faltó para morir. – Cristina comprueba tu temperatura con un termómetro mientras te habla. – Hay una cosa que no entiendo, ¿por qué intentaste escapar de la prisión en tu primer día? Normalmente la gente espera un poco más.

- Estoy aquí injustamente. Yo no soy una mala persona. Tengo que salir de aquí.

Cristina escucha tus palabras con indiferencia.

- Vas a tener que hacer mucho más para impresionarme, eso dicen todos.

- Lo mío es cierto, puedes mirarlo en mi historial. – Tu voz suena desesperada. – Yo no he hecho nada, soy policía, investigaba a ARTUS, la empresa para la que trabajas.

Algo despierta la curiosidad de Cristina.

- He buscado tu historial por todas partes y no he encontrado nada, ni siquiera tu nombre está en los registros de la prisión. ¿Qué dices que investigabas?

Decides contar tu historia, la doctora parece ser una buena persona.

- ¿Sabes cómo funciona ARTUS? Tienen prisiones por todo el país, el gobierno paga una cantidad de dinero por cada prisionero que hay aquí dentro, como en un hotel. Pues hace poco tiempo descubrí que hacen informes falsos, para ganar más dinero, hay facturas con nombres de personas que no existen.

Cristina parece estar sorprendida por tu historia.

- Dios mío, alguna vez me han pedido que rellene actas médicas de pacientes sin haberlos visto. Espero no haber hecho nada ilegal. – La voz de la doctora suena a preocupación. - ¿Y cómo has terminado dentro de la prisión?

- Hablé de todo esto con la persona equivocada, un alto cargo de la policía que, al parecer, trabaja para ARTUS. Fui detenido al instante. Me metieron aquí sin permitirme hacer ni una llamada. La red de corrupción llega hasta el gobierno del país, debo salir y contarlo todo. Temo por mi vida, si mi nombre no está en el registro de la prisión es porque quieren que desaparezca. Van a intentar matarme.

La doctora se horroriza con la idea, piensa en cada una de tus palabras, parece que empieza a replantearse muchas cosas.

- En tu estado de salud, tienes difícil volver a correr y saltar vallas, creo que deberías hablar con el director de la prisión. Él sabrá qué hacer. – Cristina tiene una voz dulce e inocente, parece que realmente quiere ayudarte. – Le voy a decir que venga inmediatamente.

Con la emoción del momento olvidas el dolor, parece que ya puedes hablar sin problemas, incluso consigues girar la cabeza de un lado a otro.

- No, todavía no sé en quién puedo confiar aquí dentro, y el director de la prisión puede que pertenezca a la organización corrupta de ARTUS.

- No lo creo, es una persona responsable. Conozco bien al director, a su esposa y a sus tres hijos, el mayor estudia medicina en la mejor universidad del país. – Cristina cierra la puerta para que los guardias no puedan escuchar la conversación. – Viven todos en una casa preciosa en el barrio rico de la ciudad. Son una familia muy unida, de las que solo se ven en las películas. El director tiene una vida perfecta, no creo que lo arriesgue todo por una organización corrupta. Puedo darle un mensaje de tu parte si quieres.

- ¿Y qué sabes del Jefe? – Preguntas por la persona que crees tiene más poder en la prisión. - No sé cómo lo ha hecho, pero tiene mi teléfono móvil y ha conseguido mi código PIN.

Cristina se acerca a ti.

- Todo el mundo conoce al Jefe, se rumorea que tiene información delicada de personas importantes y gracias a ello hace lo que quiere, creo que se siente más cómodo y protegido dentro de la prisión que fuera de ella. Él también podría ayudarte, pero según tengo entendido es una persona que simplemente actúa por interés.

- ¿Y quién no lo hace hoy en día? – Ves dos caminos abrirse ante ti. – Has dicho que puedes llevarle un mensaje al director de la prisión, ¿crees que también podrías ponerme en contacto con el jefe?

La doctora duda un momento y, finalmente, contesta.

- Sí, el Jefe tiene varios informadores, suelen pasar por la enfermería una o dos veces a la semana. Creo que podría darles tu mensaje. Voy a ayudarte, pero por favor, no puedes decirle nada a nadie, mi puesto de trabajo correría peligro. ¿Qué quieres que haga?

Si quieres ponerte en contacto con el Jefe, ve a la página 69

Si prefieres darle un mensaje al director de la prisión, ve a la página 26

Quieres parecer un tipo duro, de esos que se ríen de la muerte y no temen ni al mismísimo diablo.

- Nada, simplemente es que no me gusta estar encerrado, una cosa tengo clara en esta vida y es que moriré como un hombre libre.

Tu discurso suena creíble, te tumbas en la cama y dejas que tu compañero continúe con sus preguntas.

- ¿Y cómo has acabado en esta prisión? ¿Cuál es tu historia?

- Tuve un problema con un comisario de la policía, acabé quemando su casa. Estuve unos meses en el centro penitenciario de máxima seguridad de Herrera de la Mancha, el sábado pasado conseguí escapar organizando un motín. Llegué hasta la frontera con Francia escondido en un maletero, allí me descubrieron en un control que había organizado el ejército y me trajeron aquí. Ni te lo imaginas, el dispositivo de seguridad era espectacular.

Armando se sorprende con la historia, parece recordar algo.

- Sí, creo que escuché a unos guardias hablando sobre un motín en Herrera de la Mancha, decían que uno de los prisioneros había muerto al intentar escapar.

Pones voz triste para responder.

- Sí, era uno de mis compañeros, le dispararon por la espalda.

Tu compañero se levanta de golpe y se acerca a ti.

- Es una historia muy interesante, podría ser una buena película de Hollywood, incluso tiene una parte dramática, ¿alguien se la ha creído? Porque a mí no me engañas.

- ¿Cómo? – Pones voz de sorprendido, aunque tu actuación suena poco creíble.

- Dicen que el diablo sabe más por viejo que por diablo. Y, amigo mío, creo que tengo unos cuantos años más que tú. - Armando parece que controla la situación y sabe de qué hable. - Casualmente mi primo está en la prisión de Herrera de la Mancha, regularmente nos enviamos cartas y el domingo me escribió por última vez, no me dijo nada de ningún motín, ni de presos muertos. Pero tranquilo, aprecio tu creatividad, podrías ser un buen director de cine.

No sabes cómo reaccionar, tu compañero de celda ha descubierto tu mentira, piensas en contarle la verdad. No puedes ni abrir la boca pues la puerta se abre con un fuerte ruido. Valero entra en la habitación y grita.

- ¡Fuera los dos! Es la hora de vuestra carne de rata. ¡Rápido!

Os dirigís hacia el comedor, allí están la mayoría de los presos. La sala está dividida en dos zonas, Valero os intenta separar.

- Armando, tú a la zona A, y tú, nuevo, a la zona B.

Armando interviene.

- Disculpe Valero, ¿el Jefe está en la zona A?

- Sí, ¿por qué? – El guardia responde agresivamente. – No me toques los huevos ya de buena mañana.

- Es que mi compañero tiene que hablar con él. Es importante.

- De acuerdo, podéis ir juntos a la zona A. Pero no hagáis que me arrepienta, ni se os ocurra intentar hacer algo extraño, os estaré vigilando.

Armando y tú os ponéis en la cola para recoger la comida, no puedes evitar preguntar.

- ¿Por qué has hecho eso?

Armando contesta a tu pregunta

- Puedes ser un mentiroso, pero hay una cosa que veo en tus ojos, y es que no eres mala persona, si tienes tantas ganas de escapar debes tener algún buen motivo. Vamos a sentarnos cerca del Jefe, pero en otra mesa. Mira aquí está Jorge, nos ponemos con él, me apetece hablar de deporte.

La sopa tiene un color extraño, parece petróleo anaranjado, el segundo plato no tiene mejor aspecto, es un trozo de pescado más seco y duro que una piedra. Tras recoger la comida, Armando y tú os sentáis en la mesa junto a Jorge, el exjugador de baloncesto.

- Buenos días Jorge. – Armando saluda primero. – Otro día más en el paraíso, ¿no?

Jorge le ríe discretamente la broma.

- El viernes vamos a jugar un partido de baloncesto, prisioneros contra guardias, deberíais apuntaros los dos. Estoy deseando ver la cara que pone Valero al perder de forma humillante.

El exjugador sonríe mientras habla, tiene un tono de voz amistoso. Es alto, moreno y muy peludo, parece el mismísimo Chewbacca.

Otro prisionero se sienta frente a ti, le miras a la cara y te quedas paralizado por la sorpresa de ver una cara conocida. Armando intenta hacer las presentaciones.

- Ah, mira quién está aquí, él es Roberto, antes era policía y ahora...

Tu compañero no puede terminar la frase porque la grave voz de Roberto le interrumpe.

- Las presentaciones no serán necesarias. Él sabe perfectamente quién soy, nos conocemos bien, demasiado bien, estoy aquí por su culpa. – El ex policía te mira fijamente a los ojos mientras habla. - ¿Por qué estás en esta prisión? ¿Has venido por mí? ¿O a quién investigas ahora? ¿Qué piensas que pasará cuando todos sepan que eres un policía secreto infiltrado y que les estás vigilando?

Roberto te desafía con una mirada agresiva. Espera tu respuesta.

Si decides defenderte con palabras, ve a la página 21

Si prefieres golpear a Roberto con tu bandeja, ve a la página 19

Te levantas, coges la bandeja de la comida con las dos manos y golpeas a Roberto en la cabeza. Se escuchan gritos por todo el comedor.

- ¡Pelea! ¡Pelea!

Roberto se recupera del golpe, salta por encima de la mesa y cae sobre ti. Jorge os separa de un empujón y mantiene la distancia entre ambos con sus fuertes brazos extendidos.

- Suéltame, voy a matar a ese traidor. – Roberto grita con rabia.

Suena la alarma, un grupo de vigilantes se abre paso entre los presos a golpe de porra, finalmente llegan hasta vosotros. Valero te amenaza con voz firme.

- Te dije que no causaras problemas. ¿Sabes lo que va a pasar ahora? Vas a pasar un tiempo en aislamiento. Tú solo, sin ver nada más que las cuatro paredes de tu celda sin ventanas.

Dos guardias te cogen por ambos brazos y te sacan del comedor, se escucha como Jorge grita.

- Valero, el chico nuevo está en mi equipo de baloncesto para el viernes.

El veterano vigilante responde en voz baja, solo tú puedes oírle.

- Tienes suerte de ir a aislamiento muchacho, llevas un solo día aquí y ya he oído a más de una persona decir que te quiere matar.

Los guardias te llevan hasta una zona apartada de la prisión, el silencio es absoluto, la iluminación verde intenso te da la sensación de estar en un reactor nuclear. Uno de los guardias abre una puerta y, sin decir ni una palabra, te empuja dentro de tu nueva celda.

Nada de nada, es la mejor descripción del lugar donde te encuentras, allí no hay absolutamente nada, ni ventanas ni mesas ni cama, solo cuatro paredes y la maldita iluminación verde. Hace frío, te sientas en una esquina y esperas.

No sabes si han pasado dos, tres o cuatro horas, es difícil saber decir si es de día o de noche, recuerdas todo lo que te ha pasado en las últimas 48 horas y te preguntas. ¿Cómo has podido llegar hasta ese lugar?

Tenías la vida con la que habías soñado de adolescente, un trabajo como investigador en el departamento de asuntos internos, la policía que investiga a los policías. Llevabas semanas trabajando en el caso, todo parecía estar claro, unos agentes habían recibido un soborno de un directivo de la empresa ARTUS, encargada de la gestión de prisiones en todo el país. Podías haber abierto un expediente contra los agentes, ellos habrían perdido su trabajo y tú habrías cerrado el caso, pero no era suficiente para ti, necesitabas saber el porqué. No tardaste en ampliar la lista de implicados y llegaste hasta las más altas esferas, políticos, directores de bancos e incluso altos mandos del ejército. Pensaste que contarle los avances en tu investigación al comisario jefe de tu departamento te ayudaría a obtener recursos, pero no contabas con que él también estaba implicado en la trama de corrupción.

Se encargaron de tu desaparición, el mismo día fuiste secuestrado por agentes de la policía sin dejar rastro, pasaste la noche en una comisaría tratado como un animal y a primera hora de la mañana fuiste trasladado a la prisión.

Piensas en las palabras que te ha dicho Valero, "he oído a más de una persona decir que te quiere matar". Si quieren hacerte desaparecer la prisión es el lugar ideal, allí solo eres un número en un registro, los medios de comunicación no entrarán para preguntar por tu cuerpo si mueres allí.

Finalmente, tus ojos se cierran.

Es difícil saber cuánto tiempo ha pasado, la luz verde es lo único que puedes ver, la puerta se abre de vez en cuando, un guardia entra para comprobar si estás vivo y darte tu ración de pan y agua, después la puerta se cierra de nuevo y vuelves a tu soledad.

Pasan los días, es difícil saber cuántos. La luz verde te desespera, por tu cabeza aparecen todos los detalles de tu investigación, la empresa ARTUS controlando las prisiones del país, ¿cómo ha podido llegar a tener tanto poder? Y ahora tú estás dentro de una de sus propiedades.

Se abre la puerta, esta vez es Valero el que entra en la celda, con su particular falta de simpatía te dice.

- Aghh que asco, hueles a animal muerto, fuera de aquí, espero que hayas aprendido la lección.

Te cuesta caminar, los guardias no necesitan sujetarte pues en tu estado actual saben que es imposible que intentes salir corriendo.

- ¿Cuánto tiempo he estado ahí dentro? – Vuelves a escuchar el sonido de tu propia voz.

- El tiempo suficiente para reflexionar, no vas a volver a hacer tonterías ¿verdad?

Ni siquiera tienes fuerzas para responder, los guardias te llevan hacia el patio. Uno de ellos bromea contigo.

- Hoy es el partido de baloncesto, "nuevo", guardias contra prisioneros, creo que no vas a ser la estrella.

Otro guardia se acerca a vosotros, su cara te suena, estás seguro de que viste una foto suya sobre tu escritorio en la oficina, lleva un vaso en la mano, le dice algo a sus compañeros.

- Traigo bebida para el prisionero.

El guardia te ofrece el vaso con un líquido que parece Coca-Cola. Estás sediento.

Si te bebes el contenido del vaso, ve a la página 30

Si prefieres poner una excusa y no beber, ve a la página 104

Decides que la mejor arma para defenderte son las palabras.

- Roberto Rodríguez, policía nacional del cuerpo antidroga. Recuerdo perfectamente tu caso, entraste en prisión por...

No eres capaz de terminar la frase porque Roberto te interrumpe agresivamente.

- ¡Por tu culpa!

Corriges a tu excompañero.

- Por traficar con drogas, no te engañes a ti mismo.

Roberto parece furioso.

- Eres un traidor, conocías a mi familia, habías estado en mi casa, los compañeros no se delatan entre sí.

- Trabajo en asuntos internos, aunque no me guste, debo investigar a colegas y amigos, alguien tiene que vigilar a los policías. - Continúas siendo sincero mientras Roberto, Armando y Jorge te escuchan. - Créeme si te digo que no duermo por las noches cuando envío a un compañero a prisión.

Tus argumentos no parecen convencer a Roberto que continúa atacándote con agresividad.

- ¿Y qué haces aquí infiltrado? ¿A quién investigas? Voy a hablarle a todo el mundo sobre ti. Cuando se enteren de que eres un poli te van a destripar.

Puedes ver la rabia en los ojos de Roberto, decides que lo mejor es sincerarte y hablar con el corazón.

- Que una cosa te quede clara, no estoy aquí investigando a nadie y no tenía ni idea de que tú estabas en esta prisión. No soy ningún policía infiltrado, de hecho, no sé si sigo siendo policía.

- No lo eres. – Se escucha una voz que viene desde la mesa de al lado. – No eres policía, ni eres abogado, ni camarero, ni economista, no eres absolutamente nadie.

Todos os giráis para ver quién ha hablado, ha sido el Jefe, está de pie junto a ti.

- No he podido evitar escuchar vuestra conversación. ¿Os importa?

- Continúa. – Respondes intrigado a la espera de respuestas. - ¿Qué sabes sobre mí?

- Siempre que alguien nuevo entra en la prisión, le investigo, necesito saber todo sobre su vida, su familia, sus problemas y sus intenciones. Con tu caso me he sorprendido, amigo. – El Jefe se sienta junto a ti y continúa hablando. – No eres nadie, no existes. Todos tus datos han sido borrados por completo, incluso en la prisión. Eres un fantasma, sin nombre, sin pasado ni historia, no hay ni una sola foto tuya en internet. Tengo contactos en la policía y me han confirmado que no hay ningún agente infiltrado aquí dentro. ¿Quién eres?

Los cuatro te miran fijamente, esperan tu respuesta.

- Es el momento de decir la verdad. – Tu compañero Armando te transmite la confianza que necesitabas para contarlo todo.

- Como ha dicho Roberto, yo trabajaba en el departamento de asuntos internos de la policía. Mi trabajo era investigar a otros agentes. Analizaba unos posibles sobornos a una pareja de policías cuando descubrí una gran trama de corrupción, en ella estaban involucrados el gobierno y la empresa ARTUS.

- En esta prisión todo está gestionado por la compañía ARTUS, desde los guardias hasta la comida que tienes en tu bandeja. – El Jefe te interrumpe. – Son unos cerdos sin escrúpulos. Por favor, continúa con la historia.

- Efectivamente, ARTUS construye y gestiona prisiones por todo el país, a cambio reciben dinero público por cada preso que está en sus cárceles. Lo que descubrí es que reciben muchísimo más dinero del que deberían, año tras año envían facturas falsas que el gobierno paga sin comprobar. Hablé con el comisario jefe y …

Roberto es ahora quien interrumpe tu discurso.

- ¿El comisario está implicado?

- Eso parece. – Contestas al tiempo que asientes con la cabeza. – Después de contarle todo lo que sabía, salí de la comisaría. Me tendieron una trampa de camino a mi casa, me han encerrado aquí sin permitirme ni hablar con un abogado. Si han borrado mi pasado por completo es que quieren deshacerse de mí. Tengo que salir de aquí y contarlo todo.

Todos piensan en tu historia, incluso parece que Roberto se ha tranquilizado y está visiblemente afectado por ella.

Jorge rompe el silencio

- ¿Sabéis una cosa? Cuando tuve mi problema y entré en prisión recibí una propuesta de ARTUS, borrar mi historial delictivo y salir de la cárcel a cambio de un millón de euros. Les dije que no, por miedo a manchar mi reputación. Al poco tiempo empezaron a aparecer noticias falsas sobre mí en los medios de comunicación. Al parecer esa empresa trabaja como una mafia.

- No hay nada que odie más que a los corruptos ricos y poderosos. – El Jefe saca del bolsillo una pequeña pistola negra, la pone en tu bolsillo ante la atenta mirada de todos. – La pistola tiene seis balas, utilízala solo en caso de emergencia, si tu vida corre peligro. Y recuerda que yo no te la he dado.

Nadie dice nada, el Jefe mira a todos para confirmar que nadie va a hablar del asunto. Jorge, Roberto y Armando hacen una señal con la cabeza para aclarar que lo han entendido y que guardarán el secreto.

- Creo que una cosa está clara, el nuevo debe escapar de esta prisión. – Tu compañero Armando toma la palabra. – Ya llevo demasiados años viendo injusticias por la televisión sin hacer nada, así que yo pienso ayudarle.

- Yo también. – Jorge te muestra su apoyo. – Me da igual lo que escriban los periódicos deportivos sobre mí, la empresa ARTUS debe pagar por sus delitos.

Roberto es el tercero en unirse al equipo.

- Estoy deseando ver la cara que pondrá el comisario cuando te vea salir en la televisión desmontando toda su trama de corrupción.

Te emocionas al ver una opción real de huida, no te sientes demasiado cómodo con el hecho de llevar una pistola en tu bolsillo, pero sabes que tu vida corre peligro. Preguntas por los detalles del plan.

- ¿Y cómo vamos a hacerlo?

El Jefe acerca la cabeza al centro de la mesa para hablar, todos hacéis lo mismo para escuchar.

- De la estrategia me encargo yo, haced exactamente lo que os diga y todo saldrá bien, mañana nos veremos en el patio junto a la pista de baloncesto y os contaré los detalles del plan.

Suena la sirena que indica el final de la hora de la comida. Los guardias distribuyen a los presos en grupos. Valero toma la palabra.

- Muy bien, escuchadme todos, es la hora de trabajar. Que cada uno siga a su líder de equipo.

Puedes ver como los presos se separan en diferentes filas. Jorge se une al grupo de jardinería, Armando y el Jefe al de lavandería y Roberto se une al grupo de cocina.

Valero se acerca a ti y te dice:

- Tú, "nuevo". ¿Qué vas a hacer?

Te acercas al grupo de lavandería pues te sientes más cómodo y protegido cerca del Jefe, no puedes parar de pensar en la pistola, si los guardias la descubren tendrás problemas serios.

Valero te corta el paso con su brazo derecho, su mano queda a apenas 20 centímetros de la pistola, si la baja un poco podría tocar el arma.

- Ya hay demasiada gente en lavandería. ¿Te unes al grupo de cocina o al de jardinería?

Si decides ir con Jorge al grupo de jardinería, ve a la página 92

Si prefieres ir con Roberto al grupo de cocina, ve a la página 39

- ¿Solo tengo esas dos opciones?

Jhony te ofrece su mano al tiempo que contesta a tu pregunta.

- Así es. ¿Has venido a unirte a la familia?

- No, la verdad es que no. Soy más de ir por libre. – Contestas con seguridad. – Si es la única opción que me dejas, diría que estoy contra vosotros.

Puedes ver la cara de Jhony, parece realmente ofendido. El resto de los latinos miran fijamente a su líder esperando una respuesta.

- Eres hombre muerto. – Son las palabras que Jhony te dice al oído. – Tú vida aquí dentro va a ser un temor continuo. Cada vez que vayas al patio pensarás que puede ser tu último paseo, cada mañana te despertarás sudando y comprobarás si te hemos cortado los dedos de los pies durante la noche, y, finalmente, el día que menos te lo esperes…

Jhony no termina su frase, en vez de ello, saca un pequeño cuchillo de su bolsillo y lo aprieta contra tu barriga.

- Bienvenido a tu peor pesadilla.

Valero se acerca a la mesa. Jhony esconde el cuchillo en la manga de su camisa.

- Bueno, ya se ha acabado la fiesta. – El veterano vigilante impone su autoridad. - Es la hora del trabajo, vosotros vais a ir a jardinería, el nuevo se viene conmigo a la lavandería.

Caminas con Valero, piensas en decirle que has sido amenazado de muerte, no sabes si puedes confiar el él.

- Bueno "nuevo", ya me darás las gracias en otro momento, a esos latinos no les gusta hacer nuevos amigos, y menos tan claros de piel como tú. Vas a encargarte de lavar las sábanas de toda la prisión, espero que las dejes bien blancas.

Entráis en la sala de la lavandería, allí hay unos 15 presos, entre ellos están Armando y el Jefe. Tu compañero de celda te saluda con un gesto amigable. Valero con su característica falta de simpatía te muestra tu puesto de trabajo.

- Una a una, tienes que limpiarlas todas, usas el jabón, luego echas agua y las pones a secar, fácil, ¿no? El agua caliente no funciona bien, tendrás que utilizar agua fría.

Comienzas a trabajar pensando en lo sucedido con los latinos, eres el enemigo de una banda de asesinos locos, esto puede dificultar un poco tu huida de la prisión.

El Jefe se acerca a ti, sonríe y te habla.

- ¿Sabes por qué estás aquí? ¿Por qué sigues vivo? Gracias a mí, yo le he dicho a Valero que te traiga. Ya conozco tu historia, nuevo, tengo grandes planes de futuro contigo, amigo mío. Armando me ha contado todos los detalles.

Te sorprende que tu compañero haya revelado tu secreto.

- ¿Cómo?

- No ha tenido otra opción, como ya sabes bien, aquí toda la información debe pasar por mí. Debo decirte que estoy impresionado, resulta que eres una caja de sorpresas.

Ahora escúchame atentamente, tendrás mi protección, te mantendré con vida y, quizás, incluso consiga sacarte de aquí, pero debes hacer una cosa por mí.

La propuesta te parece interesante.

- ¿Qué cosa?

- Matar a un guardia de la prisión, con veneno, nada de sangre. Es un cerdo que no ha aceptado trabajar para mí. Si lo haces, vivirás para contarle esta historia a tus hijos.

Tu corazón palpita mucho más rápido de lo normal, asesinar no estaba entre tus planes, y menos a una persona que no conoces, podría ser un padre de familia. Pero, por otra parte, necesitas salir de la prisión, y no podrás hacerlo si los latinos te cortan en pedazos. Dudas unos instantes antes de responder.

- ¿Y si no lo hago?

- Me habrás decepcionado. – El Jefe cambia su tono de voz por uno mucho más dramático. – Y no podré garantizar tu protección. ¿Qué me dices? ¿Lo harás?

Las gotas de sudor caen por tu frente. Por un lado, piensas en hacer lo que te pide el Jefe y así tener un poderoso aliado, pero matar a una persona es demasiado para ti, también consideras la opción de hablar con uno de los guardias y contarle que Jhony tenía una navaja.

El Jefe te mira a los ojos, su mirada refleja que está esperando una respuesta.

Si aceptas el trabajo que te pide el Jefe, ve a la página 99

Si prefieres negarte a hacer lo que te pide el Jefe y vas a hablar con un guardia sobre los latinos, ve a la página 33

- Creo que voy a hacerte caso y confiar en el director de la prisión, si dices que es un hombre honrado sabrá cómo ayudarme.

Cristina sonríe y te da un vaso de agua.

- Sí, el director es buena persona, estoy segura de que hará todo lo posible para que se haga justicia. Estuve en su casa hace unos meses y conocí a toda su familia, su mujer y yo ahora somos buenas amigas, nuestros hijos van juntos a la escuela.

Mientras bebes el agua sientes un fuerte dolor en el pecho, Cristina reacciona rápidamente y te tumba en la cama.

- Tú descansa, que en tu estado actual es lo mejor que puedes hacer. Yo voy a salir y ver qué puedo hacer por ayudarte. Intenta dormir un poco.

Cristina cierra la puerta al salir de la habitación, piensas durante unos instantes en tu intento de huida fallido, en menos de un minuto tus ojos se cierran sin poder evitarlo, estabas realmente agotado.

Te despierta el sonido de la puerta abriéndose, no sabes si han pasado minutos u horas. Un hombre elegante de unos cincuenta años entra en la sala, se sienta junto a ti y aparta la sábana blanca que cubre tu cuerpo para comprobar tu estado.

- Cristina me ha contado tu historia, difícil de creer, parece casi de ciencia ficción.

- Es cierto todo. – Contestas con la voz débil. – Soy policía y puedo demostrarlo.

El director escribe algo en su teléfono móvil y te pregunta.

- ¿Por eso intentaste huir?

- Sí, estaba desesperado.

- ¿Y has hablado de esto con alguien más?

- No, sólo se lo he dicho a Cristina.

- Bien.

Puedes ver como la puerta se abre de nuevo, un guardia entra en la habitación, lleva entre sus brazos el cuerpo muerto de Cristina, tiene sangre por toda la ropa.

- Deja el cuerpo aquí, junto a la cama. – El director se levanta y se dirige hacia la puerta, antes de salir te mira y te dice. – Te voy a decir lo que ha pasado aquí, después de intentar escapar saltando la valla terminaste en la enfermería, cuando despertaste atacaste a la pobre Cristina, uno de mis guardias escuchó los gritos de la pobre doctora, entró en la habitación y te disparó.

La puerta se cierra, te quedas a solas con el guardia y el cadáver de Cristina, intentas levantarte, pero te faltan las fuerzas. Con tus últimas energías consigues rodar y tirarte al suelo. Intentas incorporarte, pero te fallan los músculos, sientes una impotencia increíble. El guardia saca la pistola y apunta directamente a tu pecho.

- ¡Pum! ¡Pum!

FIN

Aprovechas el momento, Armando parece estar dormido. Abres la pequeña botella y viertes el líquido dentro del vaso de tu compañero. Te tumbas en tu cama y esperas impaciente, estás nervioso, ¿qué pasará cuando Armando beba el misterioso líquido? No puedes dormir, los remordimientos aparecen en tu conciencia. Finalmente, tu compañero se despierta, estira los músculos y te habla.

- ¡Qué bien he dormido! He descansado como nunca, ¿y tú?

- No, yo no he podido dormir.

- Pues deberías intentarlo, te veo muy estresado. – Armando coge el vaso con su mano derecha. – La vida en la cárcel puede ser muy dura, aprenderás muchas cosas con el tiempo.

Tienes el corazón acelerado, no puedes evitar mirar como Armando acerca el vaso a su boca. Con la voz débil, preguntas.

- ¿Aprender cosas? ¿Cómo qué?

Apenas terminas tu frase, Armando salta con energía hacia ti, te sujeta con fuerza por el cuello y te inmoviliza, el anciano parece un luchador profesional, no puedes moverte.

- Cuando llevas veinte años en prisión aprendes muchas cosas, por ejemplo, a dormir siempre con un ojo medio abierto, por lo que pueda pasar. – Tu compañero ya no parece el dulce viejecito que pensabas, más bien una fiera hambrienta. - ¿Qué has puesto en este vaso? ¿Veneno?

Tu cuello está totalmente rojo por la presión, te cuesta pronunciar las palabras.

- No sé, el Jefe me lo ha dado para que me lo beba.

- Y eso vas a hacer, toma, bébetelo todo. – Armando vierte el contenido del vaso en tu boca. – Traga, no dejes nada, así muy bien.

Cuando has terminado de beber, tu compañero te deja caer al suelo, respiras con dificultad, poco a poco comienzas a recuperarte.

- El Jefe me ha dicho que si bebía esto conocería a Cristina.

Sientes una explosión interna en tu estómago, como si un volcán entrara en erupción, al poco tiempo sientes como un líquido sube por tu garganta y comienzas a tirar espuma blanca por la boca. Tu compañero te sujeta y grita con energía.

- ¡Guardia! ¡Ayuda!

No aparece nadie, la espuma sale sin parar por tu boca.

- ¡Socorro! ¡Un médico! ¡Necesitamos un médico! – Armando golpea la puerta en busca de ayuda, finalmente se dirige hacia ti y te dice en voz baja. – Tranquilo, te pondrás bien, he visto esto antes, es simplemente un truco para ir a la enfermería.

Finalmente, dos guardias entran en la celda, no hacen ni una pregunta, comprueban tu estado, estás sudando y tu boca todavía tiene restos de la espuma blanca que ha salido de tu cuerpo como si fueras un géiser. Uno de ellos le dice al otro.

- Nos lo llevamos a la enfermería.

Salís del bloque de celdas, el pasillo hasta la enfermería es luminoso, entráis en una habitación típica de hospital, los guardias te tumban y te inmovilizan en la cama. Una mujer con bata blanca entra en la sala.

- Muy bien, ya me encargo yo. – Cristina es una mujer joven, tiene el pelo liso y los ojos grandes.

Los guardias salen de la habitación. La doctora se acerca a la cama y te examina.

- Vamos a ver, ¿qué ha pasado aquí?

- ¿Eres Cristina?

- Así es, y tú... imagino que no eres un adivino.

- El Jefe me ha enviado, me ha dicho que necesita somníferos.

La doctora pone cara de extrañada.

- ¿Cómo? Creo que te has equivocado, muchacho. Yo no sé ni quien es el Jefe ni quien eres tú. ¿Qué te has creído que es esto? ¿Un supermercado?

Contestas con una sola palabra, la contraseña.

- Telaraña.

El rostro de Cristina cambia por completo. Parece tener una lucha interna entre hacer lo correcto o no. Mira hacia la puerta para comprobar que sigue cerrada.

- Lo siento, pero dile al Jefe que ya no puedo sacar más cosas de la enfermería, ahora nos están haciendo un control muy estricto de lo que utilizamos y...

Utilizas tu última bala que tienes.

- El Jefe me ha dicho que te pregunte por las clases de karate de tu hijo... ¿Mario? Sí, Mario.

La doctora ahora sí, parece aterrada. Está claro que el Jefe utiliza el miedo para controlar a la gente. Cristina utiliza una pequeña llave que tiene para abrir un armario, de allí saca unos botes de color blanco.

- Solo puedo darte dos, pero, por favor, no le hagáis nada malo a mi hijo.

Guardas los somníferos en tu bolsillo, no te gusta la idea de que Cristina piense que eres un matón sin sentimientos capaz de hacer daño a un niño, pero debes escapar de la prisión a cualquier precio.

- Vas a quedarte un par de horas en observación, luego unos guardias te devolverán a tu celda. – La doctora sale de la habitación con la piel todavía blanca por el miedo que ha pasado. – Te aconsejo que bebas mucha agua, esa cosa que has bebido te debe de haber dejado sin jugos gástricos.

La doctora sale y cierra la puerta, estás atado por manos y pies a la cama, los guardias no han hecho demasiado bien su trabajo, pues con un poco de esfuerzo podrías liberarte, ¿pero entonces qué? Analizas lo que hay a tu alrededor, material médico, un ordenador viejo y una ventana, podría ser una posible vía de escape, sabes que la enfermería está en un piso alto y lo que te espera al otro lado de esa ventana es un misterio, pero quizás valga la pena intentarlo, sería jugárselo todo a una carta. Todo o nada. Por otra parte, si vuelves a tu celda y le das los somníferos al Jefe es posible que consigas escapar sin poner en juego tu vida.

Si intentas liberarte y salir por la ventana, ve a la página 47

Si prefieres esperar a que te lleven a tu celda y dar los somníferos al Jefe, ve a la página 62

No puedes resistirte, la sed es el peor de los sufrimientos para un ser humano. Coges el vaso y te bebes hasta la última gota. Sientes como un líquido denso pasa por tu garganta, no parece Coca Cola, no te importa, la sensación de beber es placentera, por un momento sientes que estás en el paraíso. Miras fijamente a los guardias, están comentando algo sobre el partido de baloncesto.

- Pues he oído que Jorge ha apostado mil euros a que va a ganar.

- No me extraña, era profesional, dicen que incluso había un equipo de la NBA interesado en él. Podría haber sido una estrella y mira donde ha terminado.

- Lo que no sabe es que nosotros…

Las palabras se pierden, no puedes escuchar lo que dicen los guardias, poco a poco las siluetas se vuelven borrosas, te sientes mareado, tu respiración comienza a fallar, todo se vuelve negro. Los guardias se acercan a ti y se interesan por tu estado de salud. Escuchas una última palabra mientras caes al suelo.

- …Veneno…

FIN

Tu mirada se centra en el frasco que tienes entre tus manos, el color verde no te inspira ninguna confianza, pero, dada tu situación, debes apostar fuerte. Todo o nada. No lo piensas dos veces, tu compañero está durmiendo, el silencio en la celda es absoluto. Abres la pequeña botella con decisión y bebes todo el líquido de un trago, el sabor es amargo e intenso.

No tardas en empezar a sentir los efectos, tu estomago empieza a reaccionar, notas gases moviéndose por todo tu interior. De repente, una gran cantidad de espuma sale propulsada por tu boca, pareces una fuente. Armando se despierta y se levanta de la cama de un salto.

- ¡Ayuda! ¡Un médico!

Un guardia entra rápidamente en la celda.

- ¿Qué ha pasado?

- Mi compañero está muy mal, se muere, necesita ver a un médico ya. - Armando dramatiza todo lo que puede la situación, ve el frasco en el suelo de la celda y con un ligero golpe con el pie lo esconde debajo de la cama. – Yo te ayudo a llevarle, vamos, el tiempo es oro.

El guardia duda unos instantes. Tu compañero le mete más presión.

- Se está muriendo, hay que hacer algo, yo tengo 60 años, no voy a intentar escapar.

Finalmente, el vigilante acepta.

- De acuerdo, vamos, tú sujétale por las piernas.

De camino a la enfermería la espuma sigue saliendo por tu boca casi sin descanso, llegáis a una habitación blanca, Armando y el guardia te tumban en la cama, pierdes la consciencia.

Cuando despiertas te das cuenta de que Armando está esposado a una silla y tú estás atado a la cama, no hay nadie más en la habitación. En la boca tienes un sabor horrible.

- ¿Qué ha pasado?

- Tranquilo, esta vez yo he hecho el trabajo sucio. – Armando se mete la mano en el bolsillo y saca dos frascos de cristal, los lanza a la cama. – Somníferos, era eso lo que venías buscando, ¿no?

Contestas al tiempo que guardas la mercancía en tu bolsillo.

- Sí, ¿cómo lo has sabido?

- No sé si es que normalmente hablas en sueños, o si es por la mierda esa que te has tomado, pero mientras la doctora Cristina te examinaba no parabas de decir que el Jefe necesitaba somníferos, así que te los he conseguido. Buen truco para llegar hasta la enfermería, casi te mata, pero buen truco.

El guardia entra en la habitación, comprueba el informe de la doctora y levanta a tu compañero de la silla.

- Bueno, se acabó la excursión, volvemos a la celda. – El vigilante agarra a Armando por un brazo y le saca de la enfermería a empujones. – La doctora dice que todavía debes descansar un poco, ahora vuelvo a por ti.

Los dos salen de la habitación dejándote solo, tumbado en la cama. Analizas todo lo que te rodea, la ventana llama tu atención, no tiene rejas, los rayos del sol calientan tus pies. Mueves tus brazos y piernas de un lado a otro, descubres que podrías liberarte de tus ataduras con no demasiado esfuerzo. La libertad tiene un precio alto, y estás dispuesto a pagarlo, saltar por la ventana podría ser un suicidio, pero también podría significar huir de la prisión y hacer justicia. Por otra parte, si vuelves con los somníferos, quizás el Jefe tenga algún plan para escapar. ¿Qué haces?

Si intentas liberarte y salir por la ventana, ve a la página 47

Si prefieres esperar a que te lleven a tu celda y dar los somníferos al Jefe, ve a la página 62

- Lo siento, no puedo hacerlo. – Contestas con miedo. – Nunca en mi vida he hecho algo así y creo que jamás me lo perdonaría.

El Jefe parece decepcionado.

- Me será difícil protegerte, muchacho.

Ves que hay un guardia un poco apartado del resto, decides acercarte para contarle lo sucedido con los latinos.

- ¿Por qué has parado de trabajar?

- Tengo una cosa muy importante que contarte. Hoy Jhony me ha amenazado de muerte.

El guardia no parece estar sorprendido por to problema.

- Creo que esto es algo normal viniendo de Jhony.

Insistes con desesperación.

- Sí, pero es que tenía un cuchillo, lo ha puesto en mi barriga y …

El guardia finalmente se interesa por lo sucedido.

- ¿Has dicho un cuchillo?

- Sí, un cuchillo lo suficientemente grande como para matar a una persona, lo llevaba antes, en el comedor, y estoy seguro de que todavía lo lleva, está trabajando en jardinería, con toda su banda.

El guardia no duda ni un segundo, parece un idealista convencido de que debe mantener el orden en la prisión.

- Vamos a comprobar lo que me has dicho, acompáñame.

Sales junto al guardia de la lavandería ante la atenta mirada de todos los reclusos, camináis unos metros hasta el patio de la prisión, allí están los latinos trabajando junto a otros presos. ¡Qué suerte tienen!, piensas, al menos allí pueden respirar aire puro, no como en la lavandería. Os acercáis a Jhony, el guardia saca su porra.

- Las manos arriba, voy a registrarte, ¿tienes algún objeto ilegal escondido en la ropa?

Jhony te mira con una sonrisa, ya ha descubierto que estáis ahí por lo del cuchillo.

- Pues claro que no, ¿qué podría esconder, girasoles? ¿O quizás sapos?

Sus compañeros le ríen la broma, Jhony te mira de una forma desafiante, sabes que se refiere a ti con la palabra "sapo", así es como los prisioneros llaman a aquellos que hablan demasiado y cuentan cosas a los funcionarios sobre otros presos.

El vigilante se acerca y comienza el registro, en ese momento, Jhony saca rápidamente el cuchillo de su manga y ataca al guardia sin que este tenga tiempo de reaccionar, un chorro de sangre te salpica en la cara. El vigilante de la torre activa la alarma, cuatro guardias que estaban en el patio se lanzan contra Jhony, los latinos defienden a su líder, comienza una gran pelea, otros presos se unen a la lucha, el patio parece un campo de batalla, tú estás inmóvil sin saber qué hacer.

Miras a tu alrededor, el caos está por todas partes, se escucha la sirena por toda la prisión, no tardarán en llegar los antidisturbios, puede ser un buen momento para intentar escapar. En el suelo está el cuerpo del guardia que ha sido atacado, parece muerto, su uniforme está manchado de sangre, podrías utilizar su ropa e intentar salir disfrazado de guardia de la prisión.

La pelea cada vez es más grande, la lucha se traslada al bloque de celdas, queda poca gente en el patio. Ves una puerta abierta que se está cerrando poco a poco, nunca antes la habías visto así, parece ser una de las que utilizan los vigilantes para acceder a sus zonas privadas. Podría ser una posible vía de escape, si quieres llegar allí debes correr.

El tiempo corre en tu contra.

¿Qué haces?

Si utilizas la ropa del guardia e intentas escapar disfrazado, ve a la página 35

Si prefieres correr hacia la puerta, ve a la página 41

Es ahora o nunca, todo el mundo está demasiado ocupado con la gran pelea como para fijarse en ti. Arrastras el cuerpo del guardia unos metros hasta unos arbustos, allí nadie puede verte actuar, le quitas la ropa y te la pones rápidamente, la camisa está manchada de sangre y los pantalones te vienen un poco largos, no te importa, la desesperación del momento te hace estar seguro de que funcionará.

Escondes el cuerpo del guardia y tu ropa de color naranja, caminas por el patio intentando no llamar la atención, ahora debes actuar como si fueras un guardia herido.

En los pasillos se pueden apreciar los desperfectos causados por la pelea, hay objetos tirados por el suelo y varias puertas rotas. Caminas en dirección a la salida del bloque de celdas, en el suelo ves unos cristales, coges uno de ellos y te haces un corte en el pecho, ya tienes una explicación para la sangre de la camisa. Llegas hasta la puerta sin demasiados problemas, está cerrada, no puedes abrirla.

Un grupo de guardias antidisturbios aparecen con varios prisioneros, entre ellos Armando.

- ¿No tienes tus llaves? – Te pregunta uno de los guardias.

Piensas rápidamente en una respuesta convincente.

- No, las he perdido durante la pelea.

Armando te reconoce, sonríe y mira hacia otro lado.

- Ábrele la puerta, esa herida tiene mala pinta, que vaya a la enfermería. – Un guardia da instrucciones a otro. – Y avisa por radio, es posible que los prisioneros tengan un juego de llaves de la prisión, habrá que estar alerta.

El vigilante obedece y abre la puerta.

- ¿Quieres que te acompañe a la enfermería?

- No, gracias. Es solo un pequeño corte.

Tus palabras casi no pueden ocultar la alegría que sientes por dentro, saliendo del bloque de celda le devuelves la sonrisa a tu compañero Armando. Caminas por un largo pasillo, crees recordar el camino hacia la salida, debes escapar rápido, no tardarán en encontrar el cuerpo del guardia en el patio.

Llegas al puesto de control, el vigilante te mira sorprendido.

- ¿Vas a salir con esa ropa?

- Sí, tengo algo limpio en el coche. – Crees que con esa respuesta será suficiente. – Me cambio de ropa y vuelvo.

- Sabes que no puedo dejarte salir con el uniforme, normas de la empresa. Ve al vestuario y cámbiate allí.

Muestras el estado de tu vestimenta, está rota a la altura del pecho, justo donde tienes el corte.

- Mira como está el uniforme, esto ya no se puede utilizar, déjame salir un momento y ahora te lo traigo de vuelta si tanto lo quieres, pero necesito ir al coche a por mi ropa. No tengo las llaves del vestuario, seguro que lo has oído por la radio.

Se escucha el teléfono de emergencias, el vigilante lo atiende rápidamente, en ese mismo momento se abren las puertas de entrada, un grupo de unos veinte periodistas entran en la prisión, se produce una avalancha humana, todos quieren tener la exclusiva. El vigilante se ve superado por la situación, intenta impedir que los periodistas accedan al centro penitenciario. Aprovechas el momento, pasas entre varios operadores de cámara y periodistas con micrófonos, sales del edificio, eres libre.

No tienes vehículo, no llegarás muy lejos, pero tienes frente a ti exactamente lo que necesitas. Bajando las escaleras ves un último periodista que llega tarde, le paras y le miras fijamente.

- ¿Quieres saber de primera mano todo lo que ha pasado? Vas a tener la exclusiva del siglo.

El periodista parece emocionado.

- Sí, claro, te entrevisto aquí mismo. Eres un guardia de seguridad, ¿no? Espera que encienda el micrófono.

- No, voy a contarme mucho más, vamos a necesitar algo de tiempo, ¿has venido en coche?

El periodista parece sorprendido.

- Sí... podemos ir al estudio.

Subís al coche y os alejáis de la prisión, bajas la ventanilla y sientes el aire en tu cara, la sensación de libertad es inigualable.

FIN

- La verdad es que la cocina siempre ha sido lo mío.

Te pones en la fila justo detrás de Félix, al poco tiempo comenzáis a caminar guiados por dos guardias.

La cocina es una gran sala con muebles metálicos, para trabajar tenéis utensilios especiales de plástico, te ponen a pelar patatas, el trabajo es monótono y aburrido, los minutos pasan lentos.

Pelas una patata tras otra mirando a tu alrededor en busca de diversión, de repente, algo llama tu atención, a pocos metros de ti hay una cara conocida, te ha costado bastante reconocer al hombre sin el uniforme de policía, se trata de Roberto, un antiguo compañero de trabajo al que investigaste por tráfico de drogas y no tuviste más remedio que denunciar, finalmente terminó en prisión.

Estás seguro de que Roberto no se alegrará de verte, te escondes un poco entre los muebles. Ante todo, quieres evitar problemas. Aunque hay otra posibilidad, quizás no sea una persona rencorosa, al fin y al cabo, tú solamente hacías tu trabajo, él está en prisión por sus propios actos.

Félix se acerca a ti.

- Mira esto, "nuevo", ¿puedo llamarte así?

- Sí, claro, todos lo hacen.

El científico tiene una sonrisa de oreja a oreja, parece un niño con un juguete nuevo. Entre sus manos tiene una bolsa de plástico con un líquido dentro y algo metálico en el exterior.

- He conseguido separar el hierro de los cereales, y todo gracias a este imán, ¿no te parece emocionante?

- Sí, muy interesante. – Contestas disimuladamente, no quieres llamar la atención.

- Pues todavía no has visto lo mejor. – Félix está emocionado con su lección científica, habla sin apenas respirar. - ¿Sabes que si pones un huevo en vinagre se convierte en una pelota que puede rebotar en el suelo sin romperse? Tengo uno escondido en el armario, lo hice la semana pasada. ¿Quieres verlo?

No tienes tiempo de contestar, Roberto te reconoce.

- No puede ser, eres tú…

Se lanza contra ti como un animal furioso.

- ¡Traidor! ¿Qué haces aquí? ¡Me enviaste a prisión! ¡Te voy a matar!

Roberto salta por encima de una mesa y se acerca a ti agresivamente. Félix saca un pequeño bote de su bolsillo, con un movimiento ágil, echa el contenido del bote en la boca y la nariz de tu atacante. Roberto cae al suelo, parece no tener fuerzas.

- Te voy a matar… Eres un policía infiltrado en la prisión… Se lo voy a decir a…

Finalmente se queda totalmente dormido sobre el frío suelo de la cocina.

- Es una receta secreta, podría dormir a un elefante. – Félix presume de su creación.

Suena la sirena que indica el fin del trabajo, Roberto sigue tirado en el suelo, inconsciente, los guardias no tardarán en encontrarle, puedes ver un papel que sale de su bolsillo, piensas en cogerlo, seguro que Roberto no recuerda nada.

Por otra parte, recuerdas lo que Félix te ha dicho sobre las pequeñas bombas caseras, podrías coger un poco del ácido que utilizan las cocineras para preparar la gelatina, está en un armario junto a ti, tienes poco tiempo, los guardias se acercan. ¿Qué haces?

Si coges el papel que está en el bolsillo de Roberto, ve a la página 118

Si prefieres coger el ácido para fabricar la bomba casera, ve a la página 120

Contestas a la pregunta de Valero.

- Pues... Creo que soy mejor cocinero que jardinero.

- A mí me da igual. – El vigilante te muestra la fila en la que debes ponerte. – No pienso probar esa basura de comida.

Os dirigís hacia la cocina como un grupo de niños de preescolar, todos bien ordenados y en fila. Vuestro lugar de trabajo es amplio, los guardias te colocan junto a Roberto en la zona de las verduras, os dan la tarea de limpiar y cortar champiñones.

Mientras trabajas, no puedes evitar fijarte en un curioso hombre de unos 40 años, luce una perfecta barba y gafas estilo retro. El hombre está jugando con un huevo extraño, parece ser de goma y real al mismo tiempo.

- Se llama Félix. – Roberto se da cuenta de que observabas al hombre. – Es un científico loco, le falta algo en la cabeza. Dicen que está en prisión porque destruyó la casa de su vecino con dinamita mientras quería construir un sótano para su casa, o algo así.

- ¿Y qué es ese huevo? – Te pica la curiosidad. – Lo tira contra el suelo y no se rompe, parece un truco de magia.

Roberto mira a su alrededor para comprobar que no hay guardias a la vista, se acerca a ti y saca un papel de su bolsillo.

- Olvida al loco y mira esto, son los planos de todo el sistema de ventilación de la prisión, vamos a escapar por ahí.

La sorpresa es agradable.

- Perfecto, ¿y cómo vamos a hacerlo? Somos muchos.

Roberto te mira fijamente a los ojos.

- No amigo, somos solo dos. Yo tengo los planos, la entrada al sistema de ventilación está en una habitación que utilizan los guardias para guardar cosas, se accede desde el patio, y tú tienes la llave que nos permitirá entrar en esa habitación, es decir, la pistola que te ha dado el Jefe.

Te parece un plan con posibilidades de éxito.

- ¿Y los demás?

- No podemos ir todos, si somos demasiados nos descubrirán. – Roberto continúa exponiéndote su plan. - Les utilizaremos como distracción, yo le diré a un vigilante que ellos planean escapar y que se reunirán en el patio, en el momento en que los guardias vayan a por ellos, nosotros escaparemos sigilosamente por el conducto de ventilación, solo tendremos que amenazar al guardia que está normalmente en la puerta de la sala.

Dudas unos segundos antes de contestar.

- No sé, ellos han prometido cooperar, parece que somos un equipo.

- Es imposible escapar de la prisión en grandes grupos, eso deberías saberlo. – Roberto parece haber estudiado el plan en su cabeza. - De hecho, estoy seguro de que el Jefe lo sabe y planea traicionarnos. Les delataremos y escaparemos por el conducto de ventilación mañana, ¿de acuerdo?

No puedes contestar porque Félix empieza a gritar, al parecer, se ha quemado algunos pelos de la barba haciendo un experimento.

- Pero que estúpido es. – Roberto piensa en voz alta. – Los guardias van a venir por culpa de ese científico loco, espero que no nos registren y encuentren el mapa.

Félix se dirige a vosotros.

- ¿Cuánto pesáis los dos juntos?

La pregunta te parece extraña.

- ¿Cómo?

- Pues creo que lo he dicho bastante claro. – El científico se coloca bien las gafas y continúa hablando. – Es importante calcular el peso, no sé cómo vais a pasar por el conducto de ventilación sin ser absorbidos por los ventiladores y extractores de aire. Según mis cálculos moriréis antes de conseguir salir del edificio.

- ¡Cállate! – Roberto empuja agresivamente a Félix. – No has visto ni has oído nada, ¿entendido?

- Sí señor. – Félix hace un gesto para indicar que mantendrá la boca cerrada. – Si yo fuera vosotros, cortaría la electricidad, creo que os ahorraría el ligero problemilla ese de morir en los tubos.

Suena la sirena, la hora del trabajo termina, Roberto te mira a los ojos.

- No hay tiempo para más tonterías, mañana saldremos de este infierno y podrás contar tu historia al mundo entero, hablarás con los periodistas sobre lo que te han hecho y serás la estrella de los programas de actualidad, cuento contigo, y con esa pistola.

Si decides escapar con Roberto por el conducto de ventilación, ve a la página 42

Si prefieres rechazar la oferta y continuar planeando la huida con todo el grupo, ve a la página 123

La puerta se está cerrando, es tu oportunidad, corres a toda velocidad hacia ella, nadie te presta atención, llegas justo a tiempo, estirando los brazos y los dedos consigues evitar que la puerta se cierre, entras en una sala oscura.

El corazón te late a toda velocidad, no puedes evitarlo, sabes que si te descubren en ese lugar tendrás problemas, pero la libertad es un premio inigualable y estás lleno de ambición.

Te mueves torpemente por la sala, no hay ventanas, la oscuridad es total, buscas con tus manos el interruptor para encender la luz, finalmente lo encuentras.

Una vieja lámpara metálica se enciende, la sala parece un almacén, dos prisioneros aparecen como por arte de magia, estaban escondidos detrás de unas cajas, quizás estuvieran buscando algún objeto útil, reconoces inmediatamente a los presos, son dos de los latinos, tu suerte no podría ser peor.

- Pero mira que tenemos aquí. – Dice uno de ellos. – Es un pobre corderito perdido.

- Nos has traicionado. – Dice el otro mientras saca un cuchillo de su zapato. – Vas a pagar por ello.

Los dos prisioneros se acercan a ti, ambos tienen cuchillos en sus manos, no tienes escapatoria. De repente la puerta se abre, aparece el Jefe. Justo a tiempo para evitar que te corten en pedacitos.

- ¡Ayuda! Me quieren matar

- Uh, lo siento, no puedo hacer nada, te dije que me sería difícil protegerte… - El Jefe se despide con un movimiento de cabeza. – Adiós, no les molesto más, caballeros, sigan con lo suyo.

Escuchas como la puerta se cierra, estás contra la pared, de nuevo a solas con los latinos, se acercan a ti, los dos van armados con cuchillos, en ese momento entiendes que ha llegado tu….

FIN

El resto del día pasa sin contratiempos, no puedes parar de pensar en el plan de Roberto. Por una parte, sería traicionar al grupo, pero, por otra parte, apenas les conoces. Puede que mañana estés fuera de la prisión y tu vida vuelva a ser normal.

Apenas consigues dormir dos horas en toda la noche, estás nervioso, te imaginas a ti mismo deslizándote por los conductos de ventilación, sabes que no será fácil, pero confías en que Roberto lo haya preparado todo bien.

Tu compañero Armando se despierta, tú tienes los ojos abiertos como un búho.

- ¿No has dormido nada?

No contestas, tu mente está en otro lugar. Armando se acerca a ti y te pasa la mano por delante de los ojos.

- ¿Hola? ¿Estás aquí?

Reaccionas y te levantas rápidamente.

- Sí, perdón, aquí estoy, estaba pensando.

- Vístete, ya es la hora de salir al patio. Y no olvides coger la pistola. – Tu compañero Armando se levanta de un salto y respira profundamente el escaso aire que entra por la pequeña ventana de la celda. – Parece que hoy va a ser un día interesante.

Salís al patio acompañados por Valero, miras en todas direcciones buscando a Roberto, finalmente le ves en una esquina hablando con un guardia.

- Vamos a la pista de baloncesto. – Armando se dirige a ti. - El Jefe está allí con Jorge, nos están esperando.

- Dame un segundo, voy a buscar a Roberto y ahora vamos los dos.

Armando se aleja y tú esperas al ex policía, sientes la pistola en tu bolsillo, eso te pone todavía más nervioso.

Roberto se acerca, finge saludarte para poder decirte algo al oído.

- Ya está todo listo, le he dicho al guardia que el Jefe, Armando y Jorge están en la pista de baloncesto planeando escapar, van a ir a por ellos. ¿Tienes la pistola?

- Sí.

- Vamos.

Roberto se mueve con decisión hacia la puerta de la sala que da acceso al sistema de ventilación, tú le sigues de cerca. Al llegar os ponéis frente al guardia. Roberto mete la mano en tu bolsillo, coge la pistola y la aprieta fuertemente contra la barriga del guardia.

- Abre la puerta, rápido.

En menos de 5 segundos el guardia obedece, Roberto le empuja al interior de la sala y le apunta con la pistola, vosotros entráis y cerráis la puerta.

- ¿Y ahora qué? – Preguntas sin saber muy bien qué hacer.

- Mueve ese mueble, el conducto de ventilación debe estar detrás. – Roberto parece tenerlo todo muy bien estudiado. – Toma este cuchillo, lo necesitarás para quitar los tornillos.

Haces lo que tu compañero te dice, efectivamente encuentras la vía de escape, abres la tapa sin demasiados problemas. El conducto es estrecho, apenas cabe un hombre en su interior.

La sirena que indica el final de la hora del patio se escucha por toda la prisión, es un sonido fuerte y molesto. Roberto coge una manta, aprieta la pistola contra ella y dispara al guardia. La manta hace efecto silenciador y el sonido no se escapa de la sala. No imaginabas que tu compañero fuera a hacer tal cosa, te quedas unos segundos mirando el cuerpo del guardia tumbado en el suelo. Roberto actúa con total frialdad, es el primero en acceder al sistema de ventilación, desde allí te grita.

- Vamos entra. ¿A qué esperas?

Haces lo que tu compañero te dice, no puedes quitarte de la cabeza la imagen que acabas de ver. Avanzáis lentamente por el conducto, Roberto tiene una linterna y cada poco tiempo la enciende para ver el mapa.

- Deberíamos estar encima del bloque de celdas.

- Hay que moverse más rápido. – Respondes. – Deben haber pasado ya unos cuarenta minutos, no tardarán en encontrar el cuerpo del guardia.

Pasáis por encima del comedor, a través de una rendija puedes ver a los presos sentados en las mesas y los guardias vigilando.

- Aquí a la derecha. – Roberto entra en un nuevo conducto. – Este camino nos llevará directamente al aparcamiento.

Avanzáis unos metros, comienzas a escuchar un zumbido, poco a poco el sonido se hace más potente.

- ¿Qué es eso? – Preguntas nervioso. – Parece un extractor de aire.

- No lo sé. – Roberto contesta. – Aquí en los mapas no aparece nada.

Empezáis a sentir como el aire pasa rápidamente por el conducto, os rodea, cada vez es más fuerte, el cuerpo de Roberto empieza a ser absorbido por el aire, parece una gran aspiradora, tú no aguantas mucho más, intentas agarrarte a algo, pero no hay nada, tu cuerpo se desliza sin control por el conducto de ventilación.

No puedes ver nada, el sonido es cada vez más potente, sin duda alguna se trata de un ventilador gigante. Piensas en las palabras del científico loco de la cocina: *"Es importante calcular el peso, no sé cómo vais a pasar por el conducto de ventilación sin ser absorbidos por los ventiladores y extractores de aire. Según mis cálculos moriréis antes de conseguir salir del edificio."*

El conducto termina y caéis por un gran tubo, al final hay un ventilador lo suficientemente grande como para cortar a una persona en pedazos, Roberto es el primero en caer, puedes escuchar sus gritos.

- ¡AAhhhh!

Tú eres el siguiente...

FIN

- Estoy con vosotros hasta la muerte. – Te levantas con decisión y estrechas tu mano con la de Jhony. – Podéis contar conmigo para lo que necesitéis.

Puedes ver una gran sonrisa en la cara del líder de la banda, los demás integrantes se levantan para abrazarte.

- Bienvenido a la familia, hermano. – El hombre que antes te quitaba el pan ahora te habla con cariño y respeto. – Mi nombre es Marcos.

El resto de la comida pasa entre bromas, algún que otro comentario racista y una larga y polémica discusión sobre fútbol. Todos quieren saber más sobre ti, mezclas historias reales de tu vida con elementos ficticios, tus anécdotas resultan de lo más graciosas para los latinos.

Termina la hora de la comida, los guardias separan a los presos en grupos de trabajo, tú continúas unido a tus nuevos compañeros, os encargan cuidar del jardín de la prisión, es una tarea entretenida y relativamente sencilla, disfrutas todo lo que puedes del aire puro y del sol.

- Una cosa debes saber. – Jhony se acerca a ti para decirte algo al oído. – Si nos traicionas te mataré yo mismo.

- Eso no será necesario, créeme.

- Me alegro. – El latino se acerca aún más para susurrarte. – Pero si sigues fiel al grupo no tardarás en salir de este lugar.

No puedes evitar emocionarte al escuchar la noticia.

- ¿Planeáis escapar?

Jhony se aleja y vuelve al trabajo.

- Tranquilo amigo, todo a su debido tiempo.

Las horas pasan y la limpieza del jardín se vuelve una tarea más dura de lo que pensabas. Finalmente se escucha la sirena que indica el final de la jornada laboral, la luna ya ha reemplazado al sol en el cielo. Antes de volver a tu celda, Marcos se despide de ti efusivamente.

- ¡Cuídate hermano! Nos vemos mañana.

Un joven guardia te lleva hasta tu celda, allí está Armando lavándose los dientes. Te saluda con la boca llena de pasta.

- Hola compañero, casi no te he visto hoy.

- He estado haciendo de jardinero, me gusta, es mucho menos estresante que la policía.

- Me alegro por ti. Pues yo he estado pensando mucho en la conversación que hemos tenido esta mañana, si quieres hablar con el Jefe en privado puedo organizar una reunión. – Armando parece interesado en tu plan de fuga. – Creo que, si utilizas las palabras correctas, podrás conseguir que te ayude.

Contestas con una notable falta de interés.

- No será necesario, ya tengo otros aliados.

Armando se gira hacia ti.

- ¿No serán los que estoy pensando?

- Así es, los latinos tienen contactos y pueden protegerme, he decidido unirme a ellos, ¿algún problema?

- Ninguno para mí. – Tu compañero se sienta en la cama. – Pero tú no eres como ellos, lo veo en tus ojos. Sin embargo, pareces un hombre inteligente, creo que sabrás fingir, cualquier cosa es válida cuando se trata de sobrevivir. Es posible que tengas razón, si les haces creer que estás con ellos, te defenderán hasta la muerte.

Armando se mete en la cama y cierra los ojos.

- Buenas noches.

Los días pasan sin contratiempos, comienzas a acostumbrarte a la rutina de la prisión, estás totalmente integrado en la banda, todo tu tiempo libre lo pasas junto a los latinos. Mientes cada vez que te preguntan sobre tu pasado, prefieres que no sepan que antes eras policía. De vez en cuando sacas el tema de conversación que más te interesa, escapar de la prisión, aunque parece que todavía es un tema delicado pues siempre te contestan con evasivas. Sabes que debes ganarte su total confianza y esto requerirá tiempo.

Sois una familia unida, hacéis todo juntos, aislándoos del resto de presos. Con el paso de los días olvidas el miedo, ya no te importa que alguien intente matarte, sabes que los latinos te defenderán. En este momento os encontráis haciendo ejercicio en el gimnasio del patio, has conocido el lado más humano de ese grupo de gente que parece querer ocultar sus sentimientos al mundo bajo una capa de malas miradas, agresividad y tatuajes.

- Tarde o temprano llegará el momento. – Jhony habla contigo en un tono más serio de lo normal. - ¿Estarás preparado para hacer lo que sea necesario para salir de aquí?

Contestas con decisión.

- Por supuesto, sabes que puedes confiar en mí. Pero, ¿cómo lo vamos a hacer? Me gustaría ayudar en la planificación.

Jhony te mira a los ojos, parece estar buscando algo en tu interior.

- ¿Y cómo sé que no nos traicionarás? Todo lo que sé de ti es que un día te sentaste con nosotros en el comedor y te uniste al grupo. Y una cosa te digo, puedes engañar a los otros con esas historias tuyas sobre tu pasado, pero yo puedo ver más allá de tus ojos y sé que ocultas algo.

Piensas unos segundos, parece que Jhony no es tan estúpido como el resto de integrantes de su banda, crees que la única salida que te queda es decir la verdad.

- Es cierto, he ocultado mi pasado, lo cual no quiere decir que os vaya a traicionar. No soy un criminal, jamás he robado, matado, ni nada por el estilo, estoy aquí por otro motivo…

Le cuentas toda tu historia a Jhony, quién escucha con atención, el latino te hace algunas preguntas sobre tu pasado hasta que finalmente parece estar convencido de tu sinceridad.

- Tranquilo, guardaré tu pequeño secreto. Has estado en la policía y te han traicionado, es hora de que cambies de bando. – El líder de la banda pasa su brazo por encima de tu hombro. – Ahora podemos empezar a hablar del plan. Vamos a escapar por un túnel.

Te interesas por lo que Jhony te ha dicho.

- ¿Un túnel? Eso requerirá mucho tiempo. ¿Dónde lo haremos? ¿Cuándo empezamos? Necesitaremos herramientas.

- Ya está hecho. – Jhony sonríe mientras habla. – Nuestra banda no solo existe aquí dentro, estamos organizados por todo el país. Hace meses empezaron a excavar un túnel desde el bosque que hay fuera de la prisión hasta esos arbustos, la entrada está oculta. ¿Por qué te crees que siempre trabajamos en jardinería? Estamos esperando al momento perfecto.

Parece un buen plan, pero ves un pequeño problema.

- ¿Y los guardias? Están vigilando todo el tiempo.

- Ahí es donde actúas tú. – Jhony te habla a la cara. – Te librarás de los guardias del patio, puedo conseguirte un veneno o somnífero, pero debes ser tú quien lo ponga en sus bebidas.

Piensas en tu misión, parece bastante difícil, no tienes acceso a los guardias ni contactos en la prisión, pero hay alguien que sí que los tiene.

- ¿Y habéis hablado con el Jefe? – Preguntas convencido de que puede ser quien solucione la situación. – Él podría prepararlo todo, tiene mucha influencia aquí.

Jhony estudia tu propuesta.

- Hmmm, quizás deberíamos analizar esto detalladamente. El Jefe se mueve por la prisión sin problemas, tiene ojos y manos en todas partes, sin embargo, siempre actúa por interés, no nos ayudará si no gana algo con ello... Aunque, pensándolo bien, creo que tengo algo que podría interesarle. – El líder de los latinos está navegando en un mar de dudas. - Por otra parte, ya somos demasiados, implicar a más gente en el plan podría estropearlo todo, hay que ser discretos con estas cosas. ¿Qué crees que deberíamos hacer?

Si respondes que lo harás tú solo, ve a la página 50

Si crees que deberíais pedir ayuda al Jefe, ve a la página 58

Tu estómago sigue revuelto, tienes lo que venías a buscar, has cumplido tu misión. Volver con el Jefe y esperar sus instrucciones sería lo más lógico, pero aquellos que siguen la lógica no salen victoriosos, el mundo está hecho para los que arriesgan.

Consigues liberar tu mano derecha sin demasiado esfuerzo, en un par de minutos te desatas por completo y te levantas de la cama.

La ventana es grande y vieja, se abre sin problemas, ¿es que nunca han pensado en que alguien podría intentar escapar por ella? Al mirar al exterior obtienes tu respuesta, el suelo está a unos diez metros, la caída quizás no sea mortal pero tampoco placentera, solo un loco suicida o alguien totalmente desesperado intentaría escapar por ahí, en tu caso la desesperación te obliga a intentarlo. La ventana ofrece unas estupendas vistas del patio de la prisión, un único vigilante está sentado en la torre situada en el centro, parece estar jugando con el teléfono móvil, no presta demasiada atención a su trabajo de vigilancia, pero sí que se alarmaría si viera algún movimiento extraño, sería estúpido saltar por la ventana para caer en el patio.

Ves que la fachada del edificio tiene una pequeña cornisa, suficientemente ancha para tus pies, una persona normal no sería capaz de desplazarse por esa pared, sin embargo, tu afición a la escalada y tus horas de entrenamiento en el rocódromo te animan a intentarlo. Comienzas a perder el miedo y a ver el edificio como una de las paredes que has escalado cientos de veces, lo único que echas de menos en esta ocasión son las cuerdas de seguridad que utilizas habitualmente en tus entrenamientos, solo tendrás una oportunidad. Te armas de confianza y valor, crees que puedes caminar con cuidado por la cornisa hasta la esquina del bloque, lo que hay al otro lado es un misterio.

No hay tiempo que perder, tu corazón late a más de ciento cincuenta pulsaciones por minuto, con mucho cuidado sacas una pierna por la ventana, luego la otra, finalmente todo el cuerpo. Sientes el fuerte viento golpeando en tu espalda, recuerdas que de pequeño tenías miedo a las alturas, pensabas que lo habías superado con tu etapa de escalador, pero al parecer la ausencia de cuerdas de seguridad mantiene vivo ese temor a caer al vacío.

El guardia de la torre sigue mirando fijamente la pantalla de su teléfono, comienzas a caminar lentamente por la cornisa, con tus manos abiertas tratas de mantener el equilibrio. Pasito a pasito llegas hasta la esquina, parece que nadie ha detectado tu presencia, ya que no se escucha la alarma. Al otro lado de la esquina se encuentra el premio que estabas esperando, puedes ver la fachada principal de la prisión y el aparcamiento donde están los coches de los trabajadores, saboreas la libertad, no hay guardias a la vista.

Buscas el modo de bajar por la pared, un tubo de plástico parece tu mejor opción, te preparas para el descenso, son solo diez metros y en ese tipo de bajadas estás más que entrenado, nada puede salir mal.

Sujetas el tubo de plástico con tus manos, está fijado a la pared por algunos tornillos, debería aguantar tu peso sin problemas, al menos durante los segundos que necesitas para descender. Apoyas tus pies en el tubo que ahora soporta todo tu peso. En ese momento, la puerta principal de la prisión se abre, dos guardias salen caminando y se quedan parados exactamente debajo de ti, uno de ellos bebe café, el otro parece que tiene una pequeña botella de agua. Ambos sacan sus paquetes de cigarrillos y se ponen a fumar, si levantaran la vista te verían haciendo equilibrio a unos diez metros sobre sus cabezas, comienzan a discutir.

- El café ese es horrible, deberías dejar de beberlo. ¿Cuántos te bebes al día? ¿Cinco? ¿Seis?

Su compañero le responde.

- Bebo cuanto quiero, deberías dejar de cuestionar lo que otras personas hacen o dicen, lo que has comentado ahí dentro tendrías que habértelo guardado para ti. Hay veces que las personas están mejor calladas.

- Pues no creo que debamos cumplir la orden del director, una cosa es hacer sufrir a los presos con castigos, pero matar al nuevo... ¿Estamos locos o qué?

No puedes evitar pensar que hablan sobre ti. El otro guardia no parece compartir la opinión de su compañero.

- A mí no me importa, si está en la prisión es que ha hecho algo malo. Si el director dice que debe morir, pues muere, así de fácil, mientras me paguen al final de cada mes yo hago lo que me digan.

- ¿Pero no te parece muy extraño todo esto? – Uno de los guardias parece tener serias dudas. – No nos han dicho ni siquiera quién es ese prisionero, he buscado en los archivos y no está registrado, es como si no existiera.

- Te digo una cosa amigo, no pienses y vivirás mejor. Ven cada día, haz tu trabajo y vuelve a tu casa con tu familia.

El tubo de plástico no parece lo suficientemente fuerte como para sujetar tu peso, notas como se separa ligeramente de la pared, tratas de relajarte, pero no puedes, las gotas de sudor caen por tu frente, tratas de pararlas con tus pies para que no caigan sobre las cabezas de los guardias, todavía no te han visto.

- ¿De verdad serías capaz de matar a una persona sin saber si ha hecho algo malo o no? – El guardia que tiene dudas pregunta a su compañero. - ¿Podías dormir por las noches?

Su compañero le mira fijamente a los ojos.

- Sacrificaría a mi propio padre por dinero. No me importa lo que...

El vigilante no puede terminar su frase, se escucha un fuerte crujido, la tubería no aguanta más, se rompe y se separa de la pared. Caes al suelo con tus manos todavía agarrando fuertemente un trozo de tubo, el golpe es tremendo.

Uno de los guardias ha amortiguado ligeramente tu caída, aun así, sientes dolor por todo el cuerpo. Los vigilantes reaccionan rápido al ver que llevas el uniforme de preso, te inmovilizan contra el suelo y dan la alarma.

De nuevo encerrado, esta vez en una celda de aislamiento, sin ventanas, tuviste la libertad tan cerca que pudiste oler su dulce aroma. Ahora de nuevo estás entre cuatro oscuras paredes y una puerta de metal. Llevas unas cuatro horas en tu nueva celda y todavía no te han traído nada de comer ni de beber. Piensas en la conversación que tenían los guardias, tu vida realmente está en peligro.

La puerta se abre, puedes ver un hombre grande y fuerte entrando en la celda, se trata del guardia que dudaba sobre si debían matarte.

- Aquí tienes un poco de agua.

- Gracias. – Respondes con miedo. – Si me matáis estaréis cometiendo un grave error, yo no soy una mala persona, no he hecho nada. Deberías replantearte cambiar de trabajo, o la empresa mafiosa ARTUS también destruirá tu vida.

Tu respuesta ha sonado a sinceridad pura, parece que consigues interesar al guardia.

- ¿Por qué intentabas escapar? ¿Qué hiciste para entrar en prisión?

Cuentas toda tu historia, desde el principio y con todo tipo de detalles: la corrupción en la policía, el gobierno y ARTUS, tu secuestro a manos de agentes sobornados, la desaparición de todos tus datos y tu entrada en prisión.

- Y ahora os han ordenado que me asesinéis, ¿no es así?

El vigilante se queda congelado, no contesta ni mueve sus ojos durante unos segundos.

- Yo no... - Las palabras parecen no poder salir de su boca. – Yo solo...

Piensas que él podría ayudarte a escapar, tu estado de salud no es el ideal para intentar volver a escapar, sobre todo tras la dura caída, pero el tiempo corre en tu contra. Todavía tienes los somníferos en tu bolsillo, podrías pedirle que los utilizara contra los otros guardias y así salir de la prisión, parece ser un hombre con empatía y crees que ha entendido tu situación. Por otro lado, esto terminaría con su carrera y, hoy en día, la gente no puede permitirse perder un trabajo estable, si le dices que tienes somníferos escondidos, es posible que te los quite.

Si le hablas de los somníferos y pides ayuda, ve a la página 55

Si prefieres no decir nada, ve a la página 60

- Yo lo haré. – Respondes firmemente y con decisión. – Tú solo consígueme esos somníferos, que yo encontraré la forma de que los guardias se los tomen.

Jhony sonríe.

- Perfecto, mañana será el gran día, prepárate.

Las horas pasan lentamente, vuelves a tu celda y tratas de relajarte en la cama, parece imposible, recuerdas cuando de pequeño apenas podías dormir por las noches antes de los exámenes.

Tu compañero de celda te pregunta por tu día, decides no contarle las novedades, si todo sale bien no volverás a verle en la vida. Sin embargo, Armando es un viejo lobo de mar, es difícil ocultarle algo.

- Puedo ver en tu cara que tramas alguna cosa con tus nuevos amigos. – Tu compañero se tumba en su cama y continúa hablándote. – Las reuniones en el patio, el nerviosismo con el que actúas... No sé muchacho, aquí parece que algo se cuece, debe ser importante. Entiendo que no quieras hablar sobre el tema, pero déjame darte un consejo chico, ten mucho cuidado con los latinos, no te creas que por conocerlos unas semanas ya te respetan. Pareces un buen tipo, no me gustaría verte salir de aquí en una bolsa de plástico. Buenas noches.

Pasas las siguientes horas con una mezcla de pensamientos dando vueltas en tu cabeza, por una parte, piensas en las palabras de tu compañero Armando, es un hombre sabio y normalmente cuando habla, tiene razón. Por otra parte, piensas en tu misión, parece que Jhony confía en ti y no puedes defraudarle, en menos de veinticuatro horas serás libre. La noche pasa y no has podido conciliar el sueño, el único punto positivo de todo esto es que has tenido mucho tiempo para planear todo a la perfección.

Empieza un nuevo día, tu compañero se despierta y tú estás ya preparado para salir, el nerviosismo se ha transformado en excitación. Te diriges al comedor acompañado por tu típica escolta, vas analizando todo a tu alrededor, los guardias actúan de forma rutinaria, su escaso sueldo no parece garantizar una gran motivación en su trabajo. Te sientas a desayunar en la mesa de los latinos, Jhony te mete unas pastillas en el bolsillo.

- Aquí tienes, somníferos para caballos, los más potentes del mercado, ¿sabes ya cómo lo vas a hacer?

No respondes con palabras, en vez de eso miras a Jhony con una sonrisa que lo dice todo. Estás lleno de confianza. Tiras tu taza de plástico al suelo, el café con leche se derrama por el suelo, tus compañeros son los únicos que han visto que lo has hecho intencionadamente. Un guardia se acerca furioso.

- ¿Qué ha pasado aquí?

- Se me ha caído el café. – Respondes al tiempo que sacas un billete de veinte euros de tu manga, se lo ofreces disimuladamente al guardia a modo de soborno. - ¿Podría ponerme otro café? Es que es mi debilidad, no sé cómo empezar el día sin cafeína.

El vigilante acepta el billete, lo esconde rápidamente en uno de sus bolsillos y responde.

- Levántate, allí está la máquina de café, ponte otro, pero utiliza la misma taza y limpia bien todo esto.

- Muchas gracias.

Ha sido realmente fácil obtener acceso a la principal debilidad de los guardias, el café, todos y cada uno de los vigilantes de la prisión beben dos o tres tazas de esta droga líquida cada mañana y sabes bien que utilizan la misma máquina a la que te diriges ahora mismo. Metes una mano en tu bolsillo, allí están los somníferos que Jhony te ha dado, los introduces disimuladamente en la máquina justo después de servirte tu taza de café. Vuelves a la mesa con tus compañeros.

- Una jugada maestra muchacho, mis felicitaciones. – Jhony sonríe y el resto de sus compañeros le imitan. – Escaparemos a la hora del trabajo, actuad con normalidad.

Te sientes orgulloso de ti mismo, has ejecutado a la perfección tu misión. Puedes ver a los primeros guardias sirviéndose sus tazas de café, no parecen detectar el sabor de los somníferos.

Valero organiza los grupos de trabajo, de nuevo te toca en el equipo de jardinería junto a tus compañeros. Empezáis la faena como un día normal, los guardias vigilan y beben sus bebidas calientes, el sol brilla en el cielo, es una señal de libertad.

Ves los primeros síntomas de que los somníferos empiezan a hacer efecto, el vigilante de la torre está sentado en su silla con la cabeza apoyada en una ventana, parece estar durmiendo. Poco a poco, los guardias del patio caen al suelo ante la sorpresa de varios presos.

- Es el momento, ¡vamos! – Jhony aparta los arbustos y abre la entrada del túnel. – Yo iré el primero. "Nuevo", tú vigila, entrarás el último en el túnel, no permitas a ningún otro prisionero entrar, si somos demasiados nos descubrirán.

No te gusta demasiado tu nueva tarea, pero la aceptas sin quejarte. Jhony desaparece bajo tierra, el resto de la banda poco a poco se introduce en el túnel tras su líder. Miras a tu alrededor, algunos presos comprueban el estado de los guardias, otros intentan saltar la valla sin demasiado éxito. A pocos metros de ti puedes ver el cuerpo de un vigilante, está totalmente K.O. en el suelo, en una de sus manos tiene un teléfono móvil desbloqueado, por un momento piensas en utilizar el teléfono para pedir ayuda a alguna persona del exterior. Los latinos han entrado ya en el túnel, es tu turno, dudas durante unos segundos, no sabes qué hacer.

Si entras por el túnel, ve a la página 57

Si prefieres intentar utilizar el teléfono del guardia, ve a la página 52

Cambio de planes, no sabes muy bien por qué, pero la idea del túnel ha dejado de parecerte atractiva, quizás sea el hecho de no saber muy bien lo que vas a encontrarte al otro lado, quizás simplemente sea que no terminas de confiar en tus nuevos compañeros.

Te lanzas rápidamente sobre el teléfono móvil del vigilante, demasiado tarde, la pantalla ya está de color negro y el dispositivo se ha bloqueado, para poder activar el teléfono debes introducir un código numérico, imposible, hay demasiadas posibilidades. Observas el aparato con atención y ves que tiene la opción de ser desbloqueado con la huella dactilar del dedo, es una posibilidad que debes intentar aprovechar, coges la mano del guardia y colocas su dedo índice sobre el lector de huellas del teléfono, ¡bingo! La pantalla se desbloquea.

No tienes tiempo que perder, marcas el número de la policía y llamas, una voz femenina te contesta,

- Policía Nacional, ¿en qué puedo ayudarle?

Cancelas la llamada, piensas en la corrupción que hay dentro del cuerpo de policía, si el comisario jefe estaba implicado es muy probable que muchos más también lo estén. Piensas en llamar a algún número de teléfono conocido, desafortunadamente solo recuerdas el de la compañía de taxis, algo es algo, piensas. Marcas rápidamente el número que utilizabas habitualmente para pedir un taxi cuando te quedabas haciendo horas extras en el trabajo.

- Taxis, dígame.

- Escúcheme atentamente. – Tratas de poner tu mejor voz para hablar con la telefonista. - Sé que lo que voy a contarle es difícil de creer, pero necesito su ayuda.

Intentas relatar todo lo ocurrido de la forma más rápida posible, sabes que no tienes demasiado tiempo, la telefonista te corta de golpe.

- Lo siento, me están llamando por la otra línea y no tengo tiempo para bromas.

Se corta la llamada, te desesperas y gritas de rabia. Se escucha una fuerte explosión en el túnel, la tierra tiembla y sale polvo por el agujero de entrada, quizás haya sido una buena idea no seguir el camino de los latinos.

Los guardias no tardarán en despertarse.

Otro número de teléfono pasa por tu mente, suena igual que la melodía del anuncio de la radio, marcas el número desesperadamente, escuchas la voz de un hombre argentino al otro lado de la línea.

- Buenos días, pizzería Diego Armando,

- Hola, soy un cliente suyo habitual, pido una pizza caprichosa cada martes por la noche, vivo en la calle Almansa número…

No puedes terminar tu frase pues el hombre te interrumpe con su simpática voz.

- Sí claro, mi colega del quinto piso sin ascensor, mi gimnasio particular de los martes, le recuerdo perfectamente. Hace ya unas semanas que no nos llama, ¿no se habrá pasado a la competencia? – El argentino se ríe de su propia broma y continúa hablando. – Su voz suena un poco alterada, ¿todo bien, amigo?

- Pues la verdad es que necesito tu ayuda…

Cuentas de nuevo tu historia sin saltarte ningún detalle, el hombre escucha con atención, no tienes tiempo para más, pues te das cuenta de que los vigilantes comienzan a despertarse.

- Tengo que colgar el teléfono, por favor, no devuelvas la llamada a este número, mi vida depende de ti.

Cuelgas el teléfono y devuelves el teléfono a la mano del vigilante que, poco a poco, recupera la conciencia. Finges estar ayudándole, te sientas junto a él y te interesas por su estado.

- ¿Estás bien? – Suena bastante creíble, crees que lo mejor es actuar como si no supieras muy bien lo que ha pasado. - ¿Necesitas algo?

El guardia se levanta torpemente. Se escuchan disparos en el patio, uno de los guardias abre fuego contra varios presos que intentaban reabrir el túnel.

- ¿Qué? ¿Cómo?

- Tranquilo, creo que os han envenenado o algo así, todos los vigilantes os habéis caído al suelo hace unos minutos, por suerte, parece que os estáis recuperando.

Tu actuación resulta tan convincente que los guardias ignoran tu implicación en todo lo sucedido, incluso cuando relacionan a los latinos con la huida.

En la prisión no se habla de otra cosa, los vigilantes han reunido a los presos en el patio mientras investigan lo ocurrido, de nuevo sientes un ataque de nervios, tu compañero Armando se acerca a ti.

- Así que era esto lo que habíais organizado, impresionante. He oído que han escapado todos por un túnel, incluso lo han cerrado con explosivos para que nadie pueda seguirles, una obra maestra. ¿Por qué continúas tú aquí? ¿Te han traicionado?

- Ha habido un pequeño cambio de planes.

Contestas sin ocultar tu rabia, no tardarán en ver las grabaciones de las cámaras de seguridad y entonces te relacionarán con el incidente de la máquina de café, es tu fin.

Miras a través de las dos vallas que separan el patio de la libertad, allí está el bosque por el que han escapado los latinos, te gustaría estar allí y poder correr como un animal salvaje, piensas que la idea de utilizar el teléfono ha sido estúpida.

Junto al bosque puedes ver una carretera, varios vehículos circulan por ella a toda velocidad en dirección a la prisión, los hay de todos los tamaños y colores, escuchas también el sonido de un helicóptero, miras al cielo y lo ves, tiene el logo del canal de noticias 24 horas, están grabando el patio de la prisión. Varios de los vehículos que se acercan son furgonetas de otras cadenas de televisión, los periodistas salen a toda prisa de sus vehículos y asedian la prisión con sus micrófonos y cámaras, hay fotógrafos de los principales diarios del país, también de varias revistas y medios digitales. La caravana de vehículos se completa con numerosos coches de particulares, motos de reparto de comida rápida e incluso un grupo de ciclistas. Todos son curiosos que rodean la prisión en busca de información. Al otro lado de las vallas puedes ver al hombre argentino de la pizzería, grita más que el resto para que puedas oírle.

- ¡Amigo! ¡He difundido su historia y mire! ¡El poder de las redes sociales!

Puedes apreciar que eres el objetivo de todos los fotógrafos y cámaras de televisión. Parece que el mundo ha conocido tu historia y ha acudido en tu ayuda.

- Eres un hombre con suerte. – Armando te abraza y se despide de ti. – Disfruta de tu vida fuera de este infierno, espero que los que te han hecho esto paguen por ello.

En cuestión de minutos el director de la prisión aparece ante las cámaras, una y otra vez niega todo sobre tu persona y asegura que la historia que circula por internet es totalmente falsa. Su discurso se ve interrumpido por varios policías armados que le arrestan. Ese mismo día sales de la prisión y vuelves a tu casa. La noticia sobre la trama de corrupción es seguida por todo el país con gran interés, acudes a varias televisiones a relatar tus vivencias en la prisión, tu cara aparece en las portadas de todos los periódicos.

Tras unas semanas, vuelves a tu trabajo, el antiguo comisario es quien está ahora es prisión y su puesto en la comisaría lo ocupa un antiguo compañero tuyo. La vuelta a la rutina es maravillosa, el sabor del café es mucho mejor al tomarlo en libertad, abres tu periódico como cada mañana y ahí lo ves, el líder de los latinos, Jhony, vuelve a la prisión después de provocar una pelea en un bar, además le relacionan con el robo de un coche y el atraco a una tienda de licores. Esta gente nunca cambiará, piensas.

FIN

- Estoy desesperado, sabes que lo que te he dicho es verdad, necesito tu ayuda para salir de aquí.

El guardia sigue sin poder hablar, parece tener una lucha moral en su interior. Continúas con tus argumentos.

- Si no me ayudas, también serás culpable de mi muerte, ¿tan importante para ti es la empresa ARTUS?

No cambia la actitud del vigilante, que sigue paralizado analizando tus palabras.

- ¡Soy una persona inocente y vais a matarme!

Por fin parece que tus gritos han conseguido despertar al guardia, con voz temerosa y todavía un tanto dudosa, te contesta.

- Sí, sí. Pero... ¿Cómo quieres hacerlo?

- Mira, toma esto. – Le ofreces los somníferos. – Es muy probable que tu compañero ya haya recibido la orden de acabar con mi vida, vamos a tener que dejarle K.O. con esto. Creo que después podré utilizar su uniforme para salir de aquí contigo.

El guardia sostiene la medicina en su mano y piensa unos segundos. Al otro lado de la puerta se escucha un sonido metálico, tal vez proveniente de una puerta del que está en el exterior de la celda, a los pocos segundos, la potente voz de otro vigilante resuena por las cuatro paredes.

- ¿Has terminado ya?

- Sí, sí. Ya salgo. – El guardia esconde los somníferos en su bolsillo y te dice en voz baja. – Espérame aquí, ahora mismo vuelvo.

Pasan los minutos y el silencio es absoluto, no sabes que está pasando al otro lado de la pared. Finalmente, la puerta se abre y tu nuevo aliado entra en la celda.

- ¡Vamos! ¡Sal de aquí!

Obedeces sin rechistar, accedes a una sala sencilla con una mesa y una silla metálicas, en el suelo se encuentra el otro guardia durmiendo como un bebé, puedes ver que, con una de sus manos, todavía sujeta una taza de café.

- ¡Ponte su ropa! – Tu improvisado compañero es quien da las órdenes ahora. - ¡Rápido!

En menos de un minuto has cambiado tu vestimenta de preso por el uniforme de guardia de seguridad.

- ¡Sígueme! – El guardia abre la puerta con un código de seguridad, ambos salís al pasillo. – Seguro que hoy es mi último día de trabajo aquí, estoy arruinando mi carrera profesional por ti...

- Estás haciendo lo correcto, te lo agradeceré el resto de mi vida.

Llegáis a la zona del control de seguridad, un hombre está sentado frente a un detector de metales y una cinta donde la gente deposita sus objetos personales para ser escaneados.

- Actúa con naturalidad, no muestres la tarjeta de identificación, tiene la foto del otro guardia. – Ahora el que parece estar nervioso es tu nuevo compañero. – Espero que seas bueno improvisando.

El vigilante del control os detiene.

- ¡Alto! Dejad aquí vuestros teléfonos móviles, llaves y tarjetas de identificación, luego pasad por el escáner, la rutina de costumbre.

Hacéis lo que el vigilante os dice, aunque decides no sacar tu tarjeta del bolsillo. El vigilante te mira e inspecciona de los pies a la cabeza.

- Tu cara no me suena. ¿Eres nuevo?

- Sí, hoy ha sido mi primer día.

- Está un poco verde todavía. Yo le he ayudado hoy. – Tu compañero respalda tu historia y te golpea ligeramente con el puño en el hombro a modo de complicidad. – Pero mañana ya tendrá que valérselas por sí solo.

- Veo que no tienes tarjeta de identificación todavía, ¿cuál es tu nombre?

Esa pregunta te descoloca por completo, haces como que no has escuchado bien para intentar ganar tiempo.

- ¿Cómo?

- Pregunto por tu nombre, ¿cómo te llamas? Cada vez venís más sordos.

El vigilante saca una lista de papel y comienza a examinarla.

- Soy… Javier Clemente Camacho.

- Pues aquí no aparece tu nombre, vamos a tener que confirmarlo, esperad un momento, vamos a llamar al director.

Puedes ver con desesperación como el vigilante coge su teléfono y marca los números lentamente. Tu compañero y tú sufrís al ver la situación.

- No hace falta que le molestes, ya sé por qué no está mi nombre en la lista. – Utilizas tu último recurso. – Es culpa de esos idiotas de la gestoría, se hicieron un lío y todavía no he podido firmar el contrato, me han asegurado que mañana estará solucionado.

Ves como el hombre aparta el teléfono de su oreja y te dice.

- Mi exmujer trabajaba en una gestoría… Y la verdad es que era un poco estúpida.

Los tres reís la broma del vigilante.

- Pasa, muchacho, ya nos vemos mañana y me cuentas qué tal ha ido todo el papeleo, que tengáis un buen día.

Os despedís del vigilante y ponéis rumbo al aparcamiento, subís al coche de tu compañero. El motor arranca y abandonáis la prisión.

- ¿Y ahora dónde vamos?

- A saborear un poco la libertad.

FIN

Vas corriendo hacia la obertura del túnel, algunos presos te ven y también se apresuran para intentar escapar. Una vez bajo tierra escuchas a voz de uno de los latinos.

- "Nuevo", cubre la entrada del túnel con los arbustos, que no nos descubran.

Intentas hacerlo, pero al salir de nuevo para coger los arbustos una avalancha de prisioneros se lanza sobre el agujero del túnel, todos quieren entrar. Al ver que no puedes contenerlos, decides permitirles escapar, vuelves a entrar en el túnel, puedes ver la luz de las linternas de los latinos a lo lejos, a tu alrededor solo hay oscuridad.

- ¡Esperadme! – Gritas una y otra vez sin obtener respuesta. - ¡Soy yo! No veo nada.

Al parecer se han olvidado de ti, o quizás lo tuvieran planeado desde el principio, avanzas todo lo rápido que puedes, el terreno es inestable, solo se puede gatear como un bebé, las manos y las rodillas te duelen, la cabeza te roza con el techo del túnel, pero sigues adelante. Puedes ver como una de las luces que está a lo lejos deja de moverse, quizás te estén esperando.

Tocas algo extraño con una de tus manos, no parece ser una piedra, tiene un tacto más artificial, unos tubos de plástico con un cable que sale por ambos lados, solo puede ser una cosa, explosivos. Pretenden destruir el túnel para que nadie pueda seguirles.

Sientes a los presos que se encuentran detrás de ti, también gatean desesperadamente hacia la libertad, alguno de ellos ya te roza los talones, aceleras el paso utilizando tus últimas energías.

- ¡Esperadme! – Gritas con todas tus fuerzas mientas avanzas a toda velocidad. Comienzas a ver la luz del exterior al final del túnel, los rayos del sol entran e iluminan el último tramo. - ¡No activéis la dinamita!

Tus palabras no sirven para nada, pues escuchas el sonido eléctrico que conduce la señal de activación a través del cable, en menos de un segundo la dinamita explota y el túnel se derrumba, sientes la tierra rodeándote por completo, tu cuerpo queda sepultado y medio aplastado, sientes como se te acaba el oxígeno, parece que es tu…

FIN

- Creo que deberíamos hablar con el Jefe. – Respondes. – No hay nadie en esta prisión que tenga más poder que él, es apostar sobre seguro. La verdad es que yo no sabría por dónde empezar para encargarme de los guardias.

Jhony reflexiona durante unos segundos, finalmente acepta tu consejo.

- Sí, tienes razón, voy a hacerle llegar un mensaje esta tarde, mañana nos reuniremos con él.

Crees haber tomado la decisión correcta, el resto del día pasa con normalidad. Alguna que otra disputa por cosas sin importancia y multitud de conversaciones sobre el partido de baloncesto que se jugó unas semanas atrás, guardias contra prisioneros, y que, a pesar de no haber terminado, concluyó con el resultado a favor de los presos por contar con un exjugador profesional en su equipo.

Llega la noche y con ella, el silencio reina en la prisión. Estás en tu celda dándole vueltas a la cabeza cuando se abre la puerta sin aviso previo, algo extraño a estas horas. El Jefe entra en la celda acompañado por dos de sus fieles seguidores, uno de ellos le pide amablemente a tu compañero que abandone la habitación durante cinco minutos, Armando no pone inconvenientes y sale al pasillo. Te parece increíble la libertad con la que el Jefe se mueve por la prisión, como si fuera su casa de verano.

- Buenas noches, ¿puedo?

El Jefe señala a la cama de Armando con intención de sentarse en ella.

- Sí, claro. – Tu respuesta carece de importancia pues sabes que, de todos modos, iba a hacerlo. - ¿En qué puedo ayudarte?

- Vamos al grano. Tu amigo Jhony me ha hecho una oferta interesante, ahora quiero conocer tu opinión, recuerda que juraste ofrecerme toda la información que tuvieras. Debes saber que, por mi parte, la oferta de protección sigue en pie. ¿Crees que el plan de fuga tiene posibilidades de tener éxito?

Respondes rápidamente.

- Con tu ayuda sí, el túnel ya está preparado, el único obstáculo son los guardias.

- ¿Y qué harán contigo? – La nueva pregunta del Jefe te descoloca. – Ya no eres útil para ellos, te necesitaban para dejar fuera de combate a los guardias, pero ahora me han confiado esa tarea a mí. No eres uno de ellos, por más que te pasees a su lado por el patio. Dudo mucho que te dejen escapar con ellos.

Esa última frase te hace pensar, quizás tenga razón y te hayan estado utilizando todo este tiempo. El Jefe continúa con su argumentación.

- Los latinos tienen su propia religión, se creen que son algo más que un simple grupo de locos con tatuajes en la cara. Pero en el fondo son personas débiles, no dudarán en dejarte atrás para sobrevivir, ten eso muy claro muchacho. Estoy en medio de una negociación y necesito saberlo todo para poder jugar bien mis cartas. Ahora dime: ¿Cuál es el punto débil de Jhony?

Piensas durante unos segundos, la respuesta no parece fácil, Jhony es una persona que lidera sin oposición, se ha ganado el respeto de su gente y nadie se atreve a cuestionar su mando.

- Creo que su punto débil es su amor por sí mismo.

- Eso mismo pensaba yo, el amor propio. – El Jefe se levanta de la cama y te ofrece sus opciones. – Mira muchacho, te voy a ser sincero, puedo negociar con los guardias para que hagan la vista gorda y dejen escapar a alguien, estarían dispuestos a tomarse los somníferos ellos mismos y permitir la huida, pero solo de dos personas, ellos quieren atrapar a alguien intentando escapar para poder justificar su trabajo y profesionalidad. Así que, si Jhony acepta mis condiciones, tú y él escaparéis mañana por la noche, el resto de los latinos serán atrapados mientras intentan huir.

- ¿Yo?

Te sorprende que el Jefe te haya incluido en su negociación.

- Así es, conozco tu historia y prefiero tenerte fuera de este agujero, además, quiero presionar un poco a Jhony y poner mis condiciones. Esta es mi oferta: tú y él escapáis, el resto se quedan en la cárcel.

- ¿Y crees que aceptará dejar a sus compañeros?

El Jefe contesta con una sonrisa en la boca.

- Si mi intuición y la tuya no están equivocadas, dudará durante unos segundos y finalmente aceptará salvarse a sí mismo, aunque tenga que dejar atrás a sus "hermanos de otra madre".

- ¿Y hay alguna otra opción?

- Siempre hay otra opción. Si delato a los latinos, impido la fuga y nadie escapa tendré mucho poder de negociación con el director de la prisión, creo que podría conseguir algo interesante, incluso, si me ayudas a atraparles con las manos en la masa, podría ofrecerte una vía de salida alternativa y más discreta.

Parece que el Jefe lo tiene todo estudiado y bajo control.

- ¿Qué quieres que haga? - Tu pregunta suena a indecisión. – Mañana debo tener una respuesta para Jhony.

- ¿Estás dispuesto a traicionar a los latinos? ¿O vas a transmitir mi oferta de huida a su líder? Recuerda que es un billete de salida solo para dos personas.

Si decides traicionar a los latinos, ve a la página 110

Si prefieres hablarle a Jhony sobre la oferta del Jefe, ve a la página 66

Crees que lo mejor es no hablar sobre los somníferos, de hecho, estás convencido de que un guardia de la prisión jamás arriesgaría su carrera por ayudar a un simple preso. Te duelen las piernas y la espalda, muy probablemente tengas algún hueso roto. Tu estómago todavía no se ha recuperado de aquel líquido que te dio el Jefe.

El guardia parece no tener palabras, como si existiera una fuerte lucha en su interior, finalmente, abandona la celda sin, ni siquiera, mirarte a la cara. De nuevo en soledad, las paredes sin ventanas del oscuro cuarto donde te encuentras todavía tienen marcas y nombres escritos por antiguos presos, quizás realizadas con las uñas.

Pasan las horas lentamente, el silencio es absoluto, tus ojos se cierran sin tú poder hacer nada por evitarlo. Despiertas, no sabes si han pasado horas o días, la sensación de sequedad en tu garganta es insoportable, apenas puedes mover el cuerpo, no hay señales del exterior y tu instinto te dice que no las habrá en mucho tiempo. Piensas en los somníferos que tienes en tu bolsillo, podrías acabar con tu sufrimiento tomando una dosis excesiva. No lo haces, quizás por falta de fuerzas, quizás porque eres de los que piensa que la esperanza es lo último que se pierde, cierras los ojos de nuevo y esperas lo que parece inevitable.

Tus ojos se abren de nuevo, la oscuridad y el silencio te mantienen desorientado y desubicado, las horas puede que se hayan convertido en días. Junto a la puerta de la celda ves algo que no estaba antes, una botella de agua y un trozo de pan, parece extraño, normalmente los prisioneros no reciben botellas de plástico. Te arrastras hasta la puerta, primero bebes más de media botella de un trago, luego decides que debes dosificar tus recursos y vas comiendo y bebiendo poco a poco. Los días pasan, la sensación de respirar aire puro es un recuerdo lejano para ti, parece que el mundo te ha olvidado, sin embargo, tu ángel de la guarda sigue manteniéndote vivo con raciones periódicas de agua y pan que deposita en tu celda mientras duermes.

Calcular el tiempo que pasa sin ver la luz del sol es tarea imposible, tu barba te dice que pueden haber transcurrido semanas, la rutina se apodera de ti, cerrar los ojos y pensar en las personas que conocías y que quizás hayan aceptado una historia falsa sobre tu desaparición.

Otro día más, despiertas y diriges tu mirada hacia la puerta donde normalmente te espera tu ración de agua y pan, esta vez no en así, sin embargo, la sorpresa es mucho mejor, la puerta parece estar abierta.

Te acercas tímidamente a la salida, abres la pesada puerta y compruebas que no hay ningún guardia a la vista, accedes a una pequeña sala y de ahí al pasillo. En el suelo ves el cuerpo de un guardia, parece que ha caído de golpe, te acercas preocupado por su estado de salud, el vigilante está en un profundo sueño, en su mano sujeta una taza de café, la mayor parte del líquido se ha derramado por el suelo del pasillo. Quizás el café estuviera envenenado.

En el pasillo reina el silencio absoluto, avanzas unos metros y encuentras otro guardia dormido, en este caso sentado en una silla, junto a él hay otra taza de café. Sigues andando en dirección al patio, por el camino encuentras la misma escena hasta en cinco ocasiones, guardias por el suelo con su taza de café.

Llegas hasta el patio, durante unos segundos la luz del sol te ciega por completo, tu vista se había acostumbrado a la oscuridad de la celda, coges unas gafas de sol que encuentras junto a un vigilante. La escena es de película, los guardias están fuera de combate, los prisioneros exaltados tratan de forzar puertas y romper vallas, el caos se ha apoderado de la prisión.

De repente, se escucha una fuerte explosión bajo tierra, en una esquina del patio hay unos arbustos con bastante gente reunida a su alrededor, de los arbustos sale un geiser de tierra y arena.

Pasas junto a un prisionero que está rebuscando en los bolsillos de un guardia, decides preguntarle.

- ¿Qué ha pasado?

- Los latinos han construido un túnel, han escapado por él. Y yo diría que les han dado un cóctel muy especial a los guardias.

- ¿Y la explosión?

- Muchos otros presos querían escapar por el túnel. – El hombre se ríe antes de terminar su frase. - Creo que lo han volado con dinamita, así nadie podrá seguirles.

Analizas la situación, puede que sea un momento idóneo para escapar, de hecho, tú deberías estar en una celda de aislamiento, si descubren que estás fuera podrías tener problemas. Te apresuras a hacer un escaneo rápido de todo lo que te rodea, en la zona de los arbustos hay varios prisioneros tratando de excavar con las manos para acceder al túnel, un grupo más valiente se ha armado con porras de los vigilantes y pretende escapar por el pasillo de la cárcel, salen todos corriendo como vikingos enfurecidos.

Se escucha la alarma por toda la prisión, ¿qué haces?

Si decides buscar un arma y unirte al grupo que corre por el pasillo, ve a la página 97

Si prefieres intentar excavar y huir por el túnel, ve a la página 65

Esperas tumbado en la cama de la enfermería, el colchón es infinitamente más cómodo que el que tienes en tu celda. Cierras los ojos y consigues relajarte. Desde el interior de tu estómago se escuchan rugidos como si tuvieras dentro un animal salvaje.

Al cabo de un tiempo la puerta se abre, por ella entra el guardia acompañado por la doctora Cristina, esta última analiza tu estado y decide que puedes volver a tu celda. Mientras sales de la enfermería con el vigilante puedes ver como la doctora te mira con una mezcla de miedo e incomprensión. Siempre has sido bueno analizando a la gente por su mirada, en los ojos de Cristina puedes ver que es una persona honrada, que se preocupa más por los demás que por sí misma, quizás podría ayudarte si conociera tu historia.

El guardia te empuja fuera de la sala y te acompaña hasta tu celda, justo en la puerta está Valero que hace el relevo a su compañero.

- Ya me encargo yo, puedes volver al pabellón C.

- Sí, señor.

Valero abre la puerta de la celda mientras el otro guardia se retira, cuando observa que su compañero gira por la esquina del pasillo cierra la puerta de golpe, quedándoos los dos fuera de ella.

- ¿No entramos? – Preguntas. – Debe ser la hora de la siesta.

- No, vamos a otro sitio.

Caminas junto a Valero, sientes un poco de miedo, te resulta inevitable pensar en que los guardias puede que tengan la orden de eliminarte, la idea de correr vuelve a aparecer por tu cabeza, pero se va tan rápidamente como vino, sabes que tus posibilidades de escapar corriendo son mínimas.

Entráis en la lavandería, allí está el Jefe junto a alguno de sus hombres, no parecen estar trabajando, simplemente te esperan. Valero sale y os deja a solas.

- ¿Tienes lo que te pedí? – El Jefe avanza unos pasos hacia ti. – He oído que parecías una fuente cuando te salía la espuma por la boca.

- Sí, aquí tienes los somníferos. ¿Cómo vamos a utilizarlos para escapar de aquí?

El Jefe toma los frascos que le ofreces.

- No vamos a utilizarlos para escapar, son productos que necesito para un negocio, pensaba que conseguirías más…

No puedes evitar sentir rabia, estabas convencido de que el sacrificio que estabas haciendo era para salir de la prisión.

- ¿Cómo? Me estás diciendo que …

- Tranquilo "nuevo", yo siempre cumplo mi parte del trato, aquí tienes tu teléfono, no tiene línea ni tarjeta, pero sí que tiene cámara, vas a grabar un vídeo contando tu historia, yo me encargaré de que salga a la luz.

Una sonrisa aparece en tu cara, parece un buen plan.

- ¿Ahora?

- Sí ahora mismo. – El Jefe te hace una señal indicándote que lo hagas rápido. – No sé a qué estás esperando.

Dicho y hecho, grabas un vídeo de tres minutos en el que cuentas tu historia con toda clase de detalles, cuando has terminado le das el teléfono al Jefe, él directamente lo tira a un contenedor que está lleno de uniformes sucios.

- Esta tarde, tu teléfono saldrá de la prisión, uno de mis hombres lo recogerá de la empresa que limpia los uniformes, mañana estará en las pantallas de todos los noticiarios del país.

- Perfecto. – Ya sientes que tienes un pie fuera de la prisión. - ¿Y yo que debo hacer?

- Seguir vivo hasta mañana.

El Jefe te acompaña hasta la puerta donde te espera Valero, este último te lleva hasta tu celda.

- Estoy harto ya de esto. – Valero se queja. – Nos pagan menos que a los basureros y encima hacemos más horas que ellos, este trabajo es una mierda.

- Sé lo que es hacer horas de más, yo era…

No puedes terminar tu frase pues el veterano vigilante te interrumpe.

- Ayer entré a las seis y debería haber salido hace hora y media, no aguanto más, me voy ya a mi casa y no vuelvo hasta el jueves. – El guardia parece estar realmente molesto con su situación laboral. - Venga, entra en tu celda.

Valero abre la puerta, dentro está tu compañero Armando leyendo un libro. Entras y te sientas en tu cama, tienes una sonrisa de oreja a oreja, casi puedes saborear la libertad.

- ¿Qué te pasa? – Armando se percata de tu felicidad. – Parece que hayas ganado la lotería.

- Nada, nada. – No quieres presumir de algo que todavía no tienes. – Todo está normal, como siempre.

Es imposible engañar a tu compañero de celda.

- Bueno muchacho, sea lo que sea, me alegro por ti.

Te tumbas y descansas el par de horas que quedan hasta la cena.

- ¡Vaya concierto me has dado! No has parado de roncar. – Armando te reprocha en tono de burla. – La próxima vez que ronques te meto un calcetín en la boca.

La puerta de la celda se abre, un guardia os espera en el pasillo, os dirigís hacia el comedor, esta vez te puedes sentar en la mesa junto a Armando, solo deseas que las horas pasen rápidamente y que tu mensaje llegue a difundirse.

- Veo que miras en todas direcciones, ¿estás esperando a alguien?

Tu compañero de celda no obtiene respuesta a su pregunta, estás demasiado nervioso, en un estado de alerta máxima. Durante la cena Armando habla sin parar sobre un nuevo programa que hay en la televisión, él sabe que no estás prestando atención, aun así, continúa con su historia, quizás sean cosas de las personas mayores, o tal vez lo haga para tranquilizarte. El tiempo pasa lentísimo.

Al acabar la cena volvéis a vuestra celda, te metes en la cama, no puedes cerrar los ojos. Tu éxtasis y felicidad han ido transformándose en estrés e impaciencia. A medida que se acerca tu libertad, tus nervios aumentan más y más.

La mañana te sorprende, el tiempo parece haberse paralizado para ti. La puerta suena al abrirse, un guardia os saca de la celda de malas maneras, la rutina de costumbre, al entrar en el comedor para desayunar sientes como uno de los vigilantes te bloquea el paso con su brazo, es un hombre grande y fuerte, parece sacado de una película de acción.

- ¿Qué pasa? – Armando se extraña por la situación. - ¿Nos vais a dejar sin café hoy?

El guardia se dirige hacia tu compañero.

- Tú pasa, coge tu taza de café y siéntate en la mesa, tu amiguito se viene conmigo un momento, Valero me ha dicho que quiere hablar con él.

El guardia te sujeta con fuerza y te indica que debes seguirle, no sabes si es por la mezcla de sensaciones en tu interior, pero te sientes aterrado. ¿Qué haces?

Si obedeces y sigues al guardia, ve a la página 126

Si intentas librarte del guardia y entrar por la fuerza, ve a la página 127

Sales corriendo como un loco en dirección a los arbustos, al escuchar la palabra "túnel" has sentido como un rayo de esperanza atravesaba tu cuerpo. Hay varios presos excavando con sus manos, parece que no hacen muchos progresos. Te unes a ellos, excavas todo lo rápido que puedes, pareces un perro en busca de un preciado hueso, solo que tú estás mucho más desesperado.

Al cabo de unos minutos habéis conseguido excavar unos cincuenta centímetros, formáis un grupo de cinco hombres impacientes. A todos os une la misma finalidad, sin embargo, la rivalidad entre vosotros está presente, mientras excaváis hay varias disputas por obtener una posición mejor, todos queréis ser el primero en escapar.

Estás totalmente entregado en tu tarea, apenas escuchas la voz del guardia de la torre, al parecer se ha recuperado y está gritando directamente a tu grupo.

- ¡Alto! ¡Parad!

Al igual que tus compañeros, ignoras por completo sus palabras, la excavación te mantiene aislado.

Tus uñas sangran, no te importa, sacáis las primeras piedras y comenzáis a ver agujeros del túnel, parece que no se ha derrumbado por completo.

- ¡Alto!

El segundo aviso del guardia obtiene la misma respuesta que el primero, continuáis excavando como locos. No hay un tercer aviso, el guardia carga su fusil y dispara contra vosotros

El ruido del arma sí que capta tu atención, demasiado tarde, varias balas ya han perforado tu cuerpo, sientes dolor, frío, tu visión se nubla poco a poco hasta que finalmente ya no sientes nada, es tu...

FIN

Tras unos segundos de meditación contestas a la pregunta.

- Seguimos con el plan, mañana por la mañana hablaré con Jhony y le transmitiré tu oferta, escaparemos los dos y los guardias atraparán al resto de la banda.

- Perfecto. – El Jefe sonríe. – Sí Jhony acepta el trato debes hacerme una señal, durante el desayuno me preguntarás por el clima de Asturias, si no lo haces entenderé que las negociaciones se han roto.

- De acuerdo.

El Jefe se despide de ti con un fuerte apretón de manos y abandona la celda, Armando vuelve a entrar y se sienta en su cama.

- He oído todo desde el pasillo, no he podido evitarlo, Jhony aceptará.

Te sorprende la frase de tu compañero de celda.

- ¿Cómo?

- Las puertas de las celdas son de un metal grueso, prácticamente imposibles de romper. – Armando te señala a la puerta y continúa. – Sin embargo, no cierran herméticamente, por los laterales pasa el aire y también el sonido, son truquillos que se aprenden al estar muchos años en la prisión. Buenas noches, te deseo mucha suerte mañana.

Tu compañero termina su frase guiñándote el ojo.

- Gracias, buenas noches.

Te despiertas como siempre, sigues tu rutina habitual, parece un día normal, pero no lo es, hay mucho en juego, de camino hacia el comedor piensas en lo que debes decir, por fin llega el momento, los latinos están en la cola esperando al desayuno, te acercas y saludas.

- ¡Buenas! ¿Puedo hablar contigo un momento?

Jhony acepta, pasa su brazo por encima de tus hombros y camináis juntos por el comedor.

- ¿Qué pasa?

- Anoche hablé con el Jefe, dice que puede comprar a los guardias, que nos permitirán escapar esta noche a ti y a mí, pero no a los demás, necesitan atrapar a alguien para que parezca que hacen bien su trabajo.

A partir de ese momento todo ocurre como lo había planeado el Jefe, Jhony se aparta de ti, camina en círculos durante unos segundos para reflexionar y, finalmente, se vuelve a acercar a ti.

- De acuerdo, así será, no debemos decir nada a nadie sobre esto.

Volvéis con el resto de la banda, pasas junto a la mesa donde se sienta el Jefe y haces la señal de confirmación.

- ¿Has oído hablar sobre el temporal de frío que se acerca a la costa asturiana?

- Sí, me han dicho que será terrible. – El Jefe completa su teatrillo con algo de información útil. – Esta noche a las nueve y media sabrás más cosas sobre el tiempo.

Tratas de pasar el día con la mayor normalidad posible, bromeas con tus compañeros, escuchas sus discusiones sobre fútbol y te ríes de sus chistes de mal gusto. Entre los latinos se respira un ambiente de especial emoción, todos saben que hoy es el gran día, intentan disimular cuando hay otras personas cerca, pero en la intimidad que ofrece vuestro rincón del patio no se cortan al hablar.

- Lo primero que voy a hacer cuando salga de aquí es ir a ver a mis hijos. – Marcos muestra su lado más tierno. – Quiero abrazar a mi pequeña hija, apenas la conozco, entré en prisión unos días después de que naciera.

El resto de la banda también comenta sus planes.

- Pues yo quiero ver a mi madre.

- Yo iré al bar de mi barrio y me tomaré mi cerveza de siempre viendo el partido de fútbol.

Jhony interviene en la conversación.

- Nada de familia, nada de amigos, nada de bares de vuestro barrio. ¿Sois estúpidos o qué? Cuando salgamos de aquí seremos prófugos, presos fugados, nos buscará la policía, pondrán nuestras fotos en todas las comisarías del país y, sobre todo, vigilarán a nuestros familiares y amigos. Deberemos escondernos y vivir en la clandestinidad.

Los latinos parecen aceptar las palabras de su líder, Jhony pone tanta emoción en su discurso que nadie sospecha que su intención es dejarles atrás, el resto del día pasa sin sobresaltos.

Llega la hora de la cena, no puedes evitar sentirte inundado por las dudas y los nervios, os sentáis en la mesa de siempre, buscas al Jefe con tu mirada, pero no le encuentras, no paras de pensar en que quizás también te haya traicionado.

Durante la cena puedes apreciar como el resto de la banda también se impacienta.

- ¿Cuándo vamos a hacerlo? ¿A qué esperamos?

- Paciencia, está todo planeado. – Jhony trata de calmar a sus compañeros, aunque le resulta difícil ocultar su inquietud. – Actuad con normalidad, ya queda poco.

El gran reloj de la pared marca las nueve y media, un guardia se acerca a vosotros.

- Venid conmigo, hoy os voy a llevar yo a vuestras celdas.

Os miráis los unos a los otros a la cara, parece algo poco habitual, aun así, obedecéis todos de inmediato, os levantáis y seguís al vigilante de seguridad. Salís del comedor y camináis por el pasillo en dirección al bloque de celdas.

El guardia mira a las cámaras de seguridad de reojo, de repente se detiene, se apoya en la pared, parece estar mareado, tras unos segundos cae al suelo boca abajo, no sabes si está fingiendo o si realmente se ha tomado los somníferos.

- Es el momento. – Jhony anima al grupo. – Vamos al patio.

En menos de treinta segundos llegáis a vuestro objetivo, la puerta está abierta y el vigilante de la torre está tumbado en su puesto de vigilancia, parece que también está fuera de combate.

- Al túnel. – De nuevo es Jhony quien dirige la acción. – El nuevo pasará primero, yo le seguiré y vosotros iréis detrás.

Parece que la idea no gusta a todos por igual, sin embargo, ven la libertad tan cerca que ninguno de ellos cuestiona las decisiones de su líder, apartáis los arbustos que ocultan la entrada y entráis en el túnel, es una construcción bastante aceptable. Tú vas delante avanzando todo lo rápido que puedes, escuchas la voz de Marcos gritando desde la cola.

- ¿Utilizamos la dinamita para bloquear el túnel?

- ¡No! – Jhony contesta a su compañero. – Mejor no hacer ruido.

Puedes ver la luz de la luna, recorres los últimos metros a toda prisa, sales y sientes que lo has logrado, estás en el bosque fuera de la prisión, comienzas a correr a toda velocidad hacia el sur, tal y como habíais planeado, puedes ver a varios guardias escondidos entre la vegetación, llevan sus fusiles y apuntan a la entrada del túnel, ellos también te ven a ti, pero te ignoran, sigues corriendo sin mirar hacia atrás. Jhony es el segundo en salir, corre en tu misma dirección sin que los guardias se lo impidan. Al asomarse el tercer preso se escuchan voces de vigilantes.

- ¡Alto! ¡Deteneos!

Prácticamente al mismo tiempo se escuchan disparos, no parecen armas con pelotas de goma, sino con munición real. Continúas corriendo, no te están disparando a ti, el fuego se dirige contra el resto de los latinos que intentan salir del túnel, continúas corriendo por el bosque saboreando tu libertad, es una sensación incomparable.

Piensas por unos segundos en todo el tiempo que has pasado dentro de la prisión, pero eso ya es cosa del pasado ahora debes sacar a la luz la trama de corrupción y hacer que los culpables paguen por ello, tras correr más de veinte minutos llegas a una cabaña, tal y como habíais hablado allí os espera una moto, Jhony aparece tras unos segundos, os miráis y sonreís.

- ¿Conduces tú?

FIN

Piensas unos segundos, la decisión que debes tomar es arriesgada, decides hacer caso a la intuición.

- Creo que será mejor hablar con el Jefe, necesito saber cómo ha conseguido mi teléfono y qué pretende hacer con él.

- De acuerdo. – Cristina contesta con la voz tan débil que casi no puedes entender lo que dice, la doctora parece estar aterrorizada. – Yo le diré que…

Tratas de tranquilizarla.

- Simplemente dile que necesito hablar con él, y no te preocupes, nadie sabrá nunca que me has ayudado, pareces ser la única persona honrada dentro de este infierno,

Cristina abandona la sala y cierra la puerta, de nuevo las dudas vuelven a ocupar tus pensamientos, quizás todo se podría haber solucionado hablando con el director de la prisión, o quizás no…

Pasan un par de días hasta que te dan el alta médica, todavía no estás recuperado del todo, pero debes dejar libre la cama para otros pacientes, terminarás de recuperarte en tu celda, o al menos eso es lo que te dicen.

No paseas por el patio, no trabajas, ni siquiera sales de tu celda para ir al comedor, la recuperación es mucho más lenta de lo que pensabas, contar los días ya deja de tener sentido para ti, poco a poco tus esperanzas van desapareciendo.

Es la hora de salir, tu compañero, al igual que los otros prisioneros, disfruta de sus minutos diarios de aire fresco, por el contrario, tú estás tumbado en la cama viendo las horas pasar, el aburrimiento se convierte en tu rutina.

Cuando menos te lo esperas, se abre la puerta, la figura que hay al otro lado es inconfundible, el Jefe. Te saluda de forma peculiar.

- Vaya, veo que estás hecho una mierda.

- Hola. – Devuelves el saludo sin saber muy bien lo que te va a pasar. – Me estoy recuperando poco a poco.

- Lo peor de todo esto es que te lo buscaste solito, no hay más culpable que tú mismo, pensaste que eras más listo que el resto del mundo. Quizás por tu diminuto cerebro pasó la estúpida idea de que los millones de euros que gasta el gobierno en seguridad no son nada comparados con tu excelente plan de fuga, correr como un pollo sin cabeza. Y lo peor de todo, muchacho, es que me hiciste quedar mal, yo le dije a Valero que te llevara a mi celda, ibais de camino cuando tuviste la genial idea de intentar huir. Me debes una, amigo, y me la tendrás que pagar.

Esta última frase suena un tanto agresiva. Intentas excusarte.

- Yo… No sabía que…

- No sabía, no sabía… - El Jefe se burla irónicamente de tus palabras y continúa su discurso. – Ahora mismo debería matarte, nadie me rechaza, me hace quedar mal y vive para contarlo.

Sientes el miedo en tu cuerpo, no tienes nada que decir, tus fuerzas están tan agotadas como tus vías de escape. No es necesario que hables pues el Jefe continúa con su discurso.

- Estás en deuda conmigo, ahora no tienes más remedio que hacer lo que te voy a pedir, si tienes éxito recuperarás un poco de mi confianza, si no tienes éxito te convertirás en abono para las plantas. ¿Lo has entendido?

- Sí claro.

Tu respuesta no termina de convencer al Jefe que se acerca más a ti.

- No es suficiente con que lo entiendas, debes seguir mis instrucciones al pie de la letra: cuando te recuperes empezarás a formar parte del equipo de limpieza, te asignarán al bloque C, deberás ...

El Jefe continúa dictándote sus directrices durante unos diez minutos, al terminar se levanta y se dirige hacia la puerta.

- Recupérate, la semana que viene empiezas a trabajar para mí.

Tras varios días de reposo, te sientes mucho mejor, no te sorprende ver al guardia entrando en tu celda para informarte de que debes unirte al equipo de limpieza, todos los días de once a tres te encargarás de que la prisión esté reluciente.

El trabajo es monótono, pero te permite mover las piernas, un lujo dentro de la cárcel. Cada día te encargas de limpiar los baños de los guardias, las escaleras de acceso a las oficinas de la planta superior y los pasillos del bloque C, un lugar tranquilo donde apenas hay unos veinte presos.

Sigues rigurosamente las instrucciones del Jefe, sabes que tu misión es difícil, pero debes cumplirla, borrar el disco duro del ordenador del director de la prisión no será tarea fácil, pero cuando la alternativa es la muerte no te queda más remedio que armarte de valor y continuar con el plan.

Durante los primeros días de trabajo has analizado la zona, los movimientos de los guardias y la posición de las cámaras de seguridad. Lo tienes todo preparado, nada puede fallar.

Llega el día de la verdad. Empiezas por recoger el material de limpieza, como cada día, te diriges a los baños de los guardias. Entras solo, el hombre que te debería vigilar prefiere sentarse fuera y esperar a que salgas, de este modo puede evitar el horrible olor del baño. Has ido acostumbrando al vigilante a que limpias los baños lentamente, a él no parece importarle, pues durante este tiempo puede utilizar su teléfono móvil, sabes que tienes una media hora para cumplir tu misión.

Rápidamente te diriges a una de las esquinas del baño, utilizas el carrito de la limpieza como escalera para llegar hasta el techo. Acceder al conducto de ventilación te resulta fácil, pues ya habías forzado la tapa anteriormente. No lo dudas dos veces, entras en el oscuro túnel metálico y avanzas arrastrándote como una serpiente, en menos de un minuto llegas a tu destino, la oficina del alcaide, el director de la prisión. La sala está vacía, accedes a ella desde el techo, te diriges directamente al escritorio sobre el cual se encuentra el ordenador personal del director, lo enciendes, la clave de acceso coincide con la que te había escrito el Jefe en un papel.

Miras a tu alrededor, en las paredes hay varios cuadros antiguos, al igual que la alfombra del suelo, también parecen haber sido sacados de una casa burguesa. Junto al escritorio hay un viejo baúl, te recuerda al típico cofre del tesoro de un barco pirata. Las ventanas están cubiertas por unas largas cortinas rojas, imaginas que el director debe ser un hombre amante de lo clásico.

Introduces el pendrive que te dio el Jefe en el ordenador, el programa de borrado se carga lentamente, mientras tanto decides cotillear los archivos del ordenador, varios documentos oficiales, facturas, contratos y algunas carpetas con fotos familiares, no parece haber nada interesante en ese ordenador, ¿por qué tendría tanto interés el Jefe en formatear el disco?

Escuchas pasos al otro lado de la puerta, no sabes con exactitud si se dirigen hacia el despacho del director o no, no puedes arriesgarte a ser descubierto, tampoco tienes tiempo para volver al conducto de ventilación.

El programa termina de hacer su trabajo y el ordenador queda totalmente borrado, los pasos se escuchan cada vez más cerca, parece que sí que se dirigen hacia tu posición, debes tomar una decisión rápida, ves dos lugares donde podrías esconderte, dentro del baúl o detrás de la cortina.

Si te escondes dentro del baúl, ve a la página 72

Si te escondes detrás de la cortina, ve a la página 85

Abres el baúl, en el fondo hay algunos libros, no hay espacio suficiente para ti, te apresuras a sacar libros, pones varios de ellos detrás de la cortina, escuchas la llave en la cerradura, alguien está intentando abrir la puerta.

No has tenido el tenido suficiente tiempo, te metes rápidamente en el baúl y lo cierras como puedes, apenas hay espacio y la tapa no ha quedado bien cerrada, la puerta de la oficina se abre, tratas de ralentizar tu respiración con la esperanza de no ser descubierto.

La puerta se cierra y los pasos se escuchan dentro de la oficina, alguien se acerca al escritorio y deja algo dentro de un cajón, durante unos interminables segundos se hace el silencio y no puedes oír nada.

De repente se abre la tapa del baúl, un hombre con camisa y corbata sostiene la tapa con asombro, en menos de un segundo la cierra intentando encerrarte dentro de la caja de madera. Instintivamente golpeas la cubierta del baúl con piernas y brazos y consigues abrirla, el hombre retrocede unos metros, por el aspecto debe ser el director de la prisión.

La situación ha escapado a tu control y te encuentras en un punto sin retorno, frente a ti solo ves un enemigo, te lanzas contra él, ambos caéis encima del escritorio, varios papeles saltan volando en todas direcciones, forcejeáis violentamente, el director trata de utilizar la pantalla de su ordenador como arma, interceptas el golpe y ambos rodáis por encima del escritorio, finalmente cada uno cae a un lado de la mesa.

Tu enemigo abre rápidamente uno de los cajones y saca una pistola, te apunta directamente al pecho. La imagen del cañón mirando hacia tu cuerpo es aterradora, sabes que en un segundo podrías estar muerto. Te quedas inmóvil, a unos dos metros del arma que te amenaza.

- Vaya, vaya, ¿qué tenemos aquí? – El director se dirige hacia ti con seguridad. – No me esperaba esta sorpresa.

- ¿Me conoces? Si es así, sabrás que soy policía.

- Quizás antes lo fueras. Dentro de estos muros no eres nadie.

- Pues sabes que soy inocente, no he hecho nada y me tenéis aquí encerrado como si fuera un animal. – No puedes contener tu rabia. – Sois la peor basura que hay en este mundo, espero que os pudráis en el infierno.

El hombre que hay frente a ti no parece inmutarse por tu reacción, con un tono chulesco te contesta.

- Lo que yo sepa o deje de saber no importa. Ahora quiero que me digas qué estabas haciendo en mi oficina y cómo has llegado hasta aquí.

Piensas durante unos segundos, necesitas conocer las intenciones del director, quizás puedas negociar y obtener algo a cambio de tu información. Decides comprobar si aceptaría tus condiciones.

- ¿Si te digo todo lo que sé me ayudarás? Soy inocente, no debería estar aquí.

El director contesta con otras preguntas.

- ¿Qué quieres? No estás en posición de exigir mucho. ¿Una celda más grande?

- Debo salir de aquí.

El silencio reina en la sala durante unos segundos.

- Trato hecho, me dirás todo, y luego yo te sacaré de la prisión. – El hombre sostiene la pistola firmemente al tiempo que sonríe. – Quiero saber qué buscabas en mi oficina.

Te sorprende lo rápidamente que el director ha aceptado tu oferta, la intuición te dice que puede haber algo oculto en sus intenciones, decides aclarar tus dudas.

- ¿Me dejarás salir y volver a mi casa?

- No inmediatamente, pasarás un tiempo en otro país, ¿qué te parece Cuba? Cuando cambie el gobierno aquí volverás al país y recuperarás tu vida.

Vuelves a reflexionar durante unos segundos, la idea de salir de la prisión te llena de emoción, sin embargo, todo ha sido demasiado fácil. Sabes que en este mundo todos actúan por interés, quizás podrías proponerle tú algo al director. Decides darle un poquito de información para ver su reacción.

- El Jefe lo ha organizado todo.

Puedes ver varias expresiones diferentes en la cara del hombre, desde miedo hasta ira, pasando por intriga, duda y conflicto interno.

El director repite en voz baja.

- El Jefe...

Tu cerebro crea rápidamente una segunda estrategia, podrías ofrecerle al director ser su espía personal dentro de la prisión, para ello, debería dejarte volver por donde has venido y eso te mantendría vivo.

Por otra parte, piensas en simplemente aceptar el trato y contar todo lo que sabes, esperando que el director cumpla su palabra y te saque de la prisión.

Es el momento de intervenir, ¿qué haces?

Si decides aceptar el trato y contar todo lo que sabes, ve a la página 74

Si te ofreces como espía personal del director, ve a la página 79

Piensas que no tienes otra salida, decides contarle al director todo lo que sabes sobre el Jefe y cómo ha organizado la misión de asaltar su oficina. Respondes con detalles a cada una de las preguntas que te realiza, incluso propones diferentes formas de atrapar al Jefe con las manos en la masa. Estás cómodo analizando las conductas delictivas de las personas y planeando cómo descubrirlas, por unos instantes te sientes como si estuvieras en tu oficina de la comisaría, recuerdas lo mucho que te gustaba tu trabajo como investigador.

El director de la prisión parece sorprendido por la cantidad de información que ha recibido, así como por su calidad, no toma notas, parece que está almacenando todo en su cerebro. Ni por un segundo se atreve a bajar el arma, tampoco se acerca a ti, el par de metros de separación que hay entre vosotros le ofrecen una confianza y un control de la situación que no quiere perder.

Tras entregar todo tu conocimiento decides preguntar.

- Yo he cumplido mi parte del trato, ¿vas a ayudarme a salir de aquí?

Pasan unos segundos y no obtienes respuesta alguna.

- Veo que tienes algunas fotos en la estantería, son de tu familia, ¿no? - Tratas de utilizar la psicología personal. – Yo también tengo familiares, deben estar preocupados por mí, desaparecí sin dejar rastro y no creo que la policía les haya dado muchas respuestas.

- De acuerdo, te sacaré de aquí.

El director se decide. Toma su teléfono móvil y realiza una llamada rápida.

- Ven a mi despacho, trae ropa de civil, hombre, talla mediana, date prisa.

En menos de un minuto un guardia aparece por la puerta de la oficina, trae consigo un conjunto de ropa que deja encima de la mesa. El vigilante no parece alarmarse al ver a su jefe apuntándote con una pistola.

- Vístete. – Te ordena el director. – No querrás salir de aquí con el uniforme de preso.

Obedeces.

- Lleva a este hombre hasta el aeropuerto, utiliza la furgoneta de los encargos.

El director da instrucciones a su subordinado.

Tus ansias de libertad son tan grandes que no te importa donde te lleven, simplemente necesitas salir de ese lugar. El aeropuerto parece un lugar fantástico en comparación con la prisión.

Te despides del director con una sonrisa de oreja a oreja, caminas por los pasillos de la prisión junto al guardia, no habla contigo, simplemente te indica las puertas por las que debes ir entrando, finalmente salís del edificio, la luz del sol te ciega durante unos segundos, el aire es fresco, un contraste perfecto, piensas.

El guardia abre la parte trasera de una vieja furgoneta blanca.

- Entra.

No te gusta la idea de tener que ir a oscuras y sentado en el suelo frío del furgón, sin embargo, no parece que estés en situación de reclamar muchas cosas. Subes a la furgoneta y te sientas, apoyando tu espalda contra la pared de metal. El vigilante cierra la puerta con llave y te encierra en el maletero del vehículo, la oscuridad es total.

- Voy a fumarme un cigarro, ahora vuelvo.

Escuchas la voz del guardia que te habla desde el exterior, seguidamente oyes como sus pasos se alejan de la furgoneta.

Pasas diez minutos reflexionando sobre lo sucedido. ¿Puedes confiar en el director de la prisión? ¿Te ayudarán realmente a escapar? Los pasos se acercan de nuevo y se abre la puerta delantera de la furgoneta, el vigilante enciende el motor y el vehículo comienza a circular.

El viaje no es cómodo, apenas puedes mantener el equilibrio, pues el conductor realiza constantemente giros bruscos y frenazos, no parece que vayáis por la autovía, más bien parecen carreteras secundarias.

En la oscuridad de la furgoneta comienzas a pensar que todo puede ser una trampa y que quizás no os dirijáis hacia el aeropuerto como te había dicho el director. Sin embargo, Cristina confía en él, sabes que tiene familia, has visto sus fotos, no hay nada en el mundo que ayude más a ser honrado que tener hijos.

El vehículo reduce la velocidad y finalmente se detiene por completo, escuchas como se abre la puerta del conductor y los pasos se dirigen hacia la puerta trasera.

Tu corazón late rápidamente, la decisión que tomes debe ser rápida.

Si decides atacar al vigilante cuando abra la puerta, ve a la página 76

Si confías en el director de la prisión y no haces nada, ve a la página 78

No hay tiempo para pensar, escuchas como el vigilante de la prisión utiliza la llave para abrir la cerradura del maletero, la puerta trasera de la furgoneta poco a poco se abre, te levantas y saltas fuera del vehículo con energía, sorprendes al guardia que no se esperaba tu ataque.

Parece ser que tenías razón al desconfiar del director, pues el vigilante de seguridad tenía una pistola en su mano derecha y estáis en un lugar que no parece para nada el aeropuerto, más bien una zona de bosques alejada de la ciudad.

Con tu ataque por sorpresa consigues desarmar a tu contrincante, su pistola cae al suelo, él se lleva un fuerte golpe en la cabeza, huyes corriendo del lugar.

Entras a toda velocidad en un campo de maíz, las plantas son bastante más altas que tú y piensas que te ocultarán, el guardia se recupera del golpe, coge la pistola y comienza a perseguirte.

Avanzas todo lo rápido que puedes, apartas las plantas de maíz con ambos brazos, varias de ellas te golpean en la cara, sabes que tu perseguidor está cerca.

El guardia tiene una buena condición física, cuando te tiene a la vista te apunta con su pistola y dispara tres veces, falla. El campo de maíz llega a su fin, la persecución continúa por un bosque, corréis esquivando árboles caídos y arbustos.

De repente, te encuentras con un cazador, el hombre se sorprende tanto como tú, lleva un chaleco verde, una gorra vieja y una gran escopeta.

- Necesito tu ayuda. – Hablas exhausto por la carrera. – Un asesino quiere matarme.

En ese momento aparece el guardia de la prisión con la pistola en la mano, tú te escondes detrás del cazador que no parece entender la situación.

- ¿Qué pasa aquí?

El guardia contesta.

- Es un fugitivo, debo llevarle de vuelta a la prisión, hazte a un lado.

- Eso es mentira. – Tratas de defenderte. – Es un asesino y quiere matarme, yo soy un civil inocente.

- ¿Es que no ves mi uniforme de vigilante? Aquí yo soy la ley, apártate y déjame que devuelva a este hombre a la prisión.

El cazador no sabe muy bien que hacer, frente a él un hombre uniformado con una pistola, a sus espaldas estás tú aterrorizado y suplicando ayuda. Finalmente, el cazador toma una decisión.

- Creo que voy a llamar a la policía.

- No, no lo harás. – El guardia parece estar incómodo y nervioso, sus planes han cambiado y sabe que puede tener problemas, la mano que sujeta la pistola empieza a temblar. – Por última vez, déjame que haga mi trabajo.

El cazador saca un teléfono móvil de su bolsillo.

- Voy a llamar y vamos a aclarar todo este asunto.

El vigilante sabe que ha perdido el control de la situación, sin pensarlo dos veces, levanta su pistola y dispara al cazador, instintivamente te tiras al suelo empujando al mismo tiempo al hombre que está junto a ti, la bala impacta en su hombro, la sangre te salpica en la cara.

Estás tumbado en el suelo, el cazador se encuentra a tu lado gritando de dolor, el guardia de la prisión se acerca a vosotros, te apunta con la pistola, sabe que esta vez no fallará su disparo.

- ¡Pum!

Se escucha el ruido seco de un arma de fuego. El guardia de la prisión cae el suelo con una herida de bala en el pecho, no ha sido él quien ha disparado, de entre unos arbustos sale otro cazador, rápidamente se acerca a vosotros y se interesa por el estado de salud de su compañero.

- Estás sangrando tío. ¿Estás bien?

- Sí, sí, tranquilo, es solo una pequeña herida, ayúdame a levantarme y llama a la policía, nos vamos de aquí. – El cazador cambia de tema y se dirige hacia ti. - ¿Bebes café? En el coche tengo un termo con café caliente. Me encantaría conocer tu historia.

FIN

Esperas sentado en el suelo de la furgoneta, la puerta se abre poco a poco, ves la silueta del guardia de la prisión, en su mano derecha tiene una pistola apuntando directamente hacia ti.

- Vamos, sal de la furgoneta.

El vigilante te hace un gesto con la pistola para indicarte que te levantes. En ese preciso momento te das cuenta de que el director de la prisión te ha mentido y que todo eran palabras vacías para obtener lo que quería.

Sales de la furgoneta, obviamente no estás en el aparcamiento del aeropuerto, sino en una zona de bosques y campos de maíz, el lugar perfecto para ocultar un cadáver.

El guardia te empuja hacia delante, sientes la pistola en tu espalda, os alejáis unos metros de la furgoneta. Estás seguro de que ha recibido la orden de ejecutarte.

Ni siquiera lo piensas dos veces, corres a toda prisa intentando huir de una muerte segura, el guardia no trata de detenerte, en vez de eso te apunta con su pistola.

- ¡Pum, pum, pum!

Hasta en tres ocasiones dispara su arma, las balas impactan en tu espalda, caes al suelo de inmediato. El guardia se acerca a ti, con tus últimas fuerzas miras hacia arriba y puedes ver como de nuevo te apunta con el arma.

- ¡Pum!

FIN

Tratas de ganar unos segundos para pensar.

- Señor alcaide... o director, no sé, ¿cómo prefieres que te llame?

- Como quieras, no es importante para mí.

- Tengo una propuesta que creo podría ser interesante, tienes un problema con el Jefe, parece que sus acciones escapan a tu control, ¿y por qué un simple preso se cree el dueño de la prisión?

El director contesta a tu pregunta.

- Porque el muy cabrón tiene información sobre todo el mundo.

- Exactamente, vivimos en una época en la que la información es poder. – Decides que es el momento de ofrecer tus servicios. – Yo podría ser tus ojos y oídos dentro de la prisión, el Jefe empieza a confiar en mí, seguro que conseguiría algo de información útil, pero para ello deberías dejarme volver por donde he venido sin que me pase nada, de este modo nadie sospechará que hemos estado hablando.

Puedes ver como tu idea resulta atractiva para el director de la prisión, el hombre se queda pensativo durante unos segundos y finalmente baja su arma.

- Me parece bien, tienes tres días, quiero algo de información útil, si no me das nada pensaré que me has engañado.

Vuelves al conducto de ventilación, el director incluso te ayuda a subir, te arrastras hasta el baño donde empezó tu misión y terminas tu jornada laboral, no sin antes decirle a uno de los informadores del Jefe:

- Misión cumplida, el ordenador del director está borrado.

La noche pasa con normalidad, al día siguiente al salir al patio es el Jefe quien se acerca a ti.

- Me han dicho que has hecho lo que te pedí, buen trabajo, ¿tienes el USB?

- Aquí está, el programa de borrado.

El Jefe sonríe y te muestra el pequeño dispositivo negro.

- No es solo un programa de borrado, ahora todo lo que había en el ordenador del director de la prisión está en mi poder. Ven, siéntate con nosotros.

Aceptas con agrado, cuanto más cerca estés, más información podrás obtener, tu único objetivo es seguir vivo. A tu alrededor varios de los hombres de confianza del Jefe charlan sobre la vida cotidiana, parece que están tan acostumbrados a la prisión que no les importaría pasar allí el resto de sus vidas. Tras escuchar varias conversaciones sin interés decides acercarte al Jefe y preguntarle por tu teléfono, su respuesta no se hace esperar.

- Lo tendrás cuando llegue el momento, ¿sabes cuánto tengo que pagarle al mes al vigilante de la entrada para tener acceso a los objetos personales de los presos?

- No...

- Demasiado, empiezo a cuestionarme que ese dinero valga para algo. Al igual que otras cosas, tu teléfono ya había sido borrado antes de ser archivado.

Anotas cada palabra en tu cerebro, el director de la prisión estará contento al escuchar lo que tienes para él. El Jefe continúa hablando y bromeando con sus compañeros, sin duda alguna parecen sentirse como peces en el agua.

La hora del patio termina y todos los presos vuelven a sus celdas, al entrar en la tuya algo te resulta extraño, tu compañero no está, Armando parece haberse esfumado de la celda, no puedes ver ninguno de sus objetos personales, las fotos de su familia ya no están pegadas en la pared junto a la cama. La puerta se abre.

- Buenos días, soy tu nuevo compañero de celda.

No te lo puedes creer, Armando ha sido substituido por uno de los hombres de confianza del Jefe, este se sienta en su cama y te entrega un papelito.

- Tus órdenes.

Lees detenidamente el pequeño documento, no hace falta que tu nuevo compañero te diga quien lo ha escrito, lo sabes perfectamente.

"En el USB que me has entregado no está toda la información que necesito. Tengo otro trabajo para ti: ya que se te dan bien las infiltraciones volverás al despacho del director, pero esta vez entrarás por la puerta. Durante la hora de la comida deberás hablar con Blas, el guardia de seguridad que estará vigilando las mesas, le dirás que tienes sospechas de que el Jefe quiere matarte y que deseas hablar con el director, suplicarás hasta que el guardia acepte informar a su superior. Blas es un hombre de palabra, si te dice que te ayudará, cumplirá su promesa. En el despacho del director harás dos cosas: dejar este micrófono oculto en una de las plantas y coger un documento firmado de la mesa del director, da igual qué documento sea, lo importante es que su firma esté sobre el papel."

Lees la nota dos veces para estar seguro de lo que debes hacer, tu compañero te entrega un pequeño micrófono que parece sacado de una película de espías, acto seguido coge el papel de tus manos, lo rompe en pedazos y lo tira por el retrete.

Llega la hora de comer, tal y como estaba escrito, Blas vigila el comedor. Durante la comida no paras de mirar al guardia, estás esperando el momento idóneo para actuar, finalmente te decides y vas a hablar con él. Todo sale exactamente como el Jefe había previsto, en menos de treinta minutos estás en el despacho del director de la prisión.

- No esperaba verte tan pronto, Blas me ha dicho que estás preocupado porque el Jefe quiere acabar contigo, imagino que todo era una excusa para venir aquí e informarme.

- Sí... Así es.

En ese momento te das cuenta de que estás jugando a ser un agente doble, al más puro estilo de los espías durante la Guerra Fría. Te acercas al escritorio y ofreces tu información.

- El Jefe me ha pedido que venga aquí y que robe uno de tus documentos firmados, creo que quiere utilizar tu firma para algo.

- Hmmmm... Interesante.

No mencionas nada sobre el micrófono, de hecho, aprovechando que el director está pensando en su siguiente movimiento, te acercas a una de las plantas de la habitación y ocultas el micrófono. Si todo sale bien, tendrás contentos tanto al Jefe como al director.

- Ya sé lo que vas a hacer, voy a imprimir un documento, lo voy a firmar y se lo llevarás al Jefe, obviamente la firma será falsa, pero él no debe saber nada de esto. ¿Entendido?

Mueves la cabeza de arriba hacia abajo en señal afirmativa.

- Perfecto. – El director sonríe al tiempo que prepara el papel que debes llevar de vuelta contigo. – Aquí tienes el documento, asegúrate de que piense que mi firma es auténtica. Y una cosa más, quiero saber qué pretende hacer el Jefe, me anticiparé a su siguiente movimiento.

Mientras vuelves al comedor acompañado por Blas piensas en la situación que se está generando a tu alrededor, parece una partida de ajedrez donde cada jugador mueve sus fichas con astucia e intenta debilitar a su rival poco a poco, a base de ganar pequeñas batallas.

El Jefe sigue exactamente en la misma mesa en la que estaba cuando saliste del comedor, no quieres sentarte junto a él ya que varios guardias están vigilando y podría parecer sospechoso. Te sientas junto a tu excompañero Armando, el cual está terminando su comida. Te saluda con una sonrisa.

- Veo que, aunque no lo deseabas, has terminando trabajando a jornada completa para el Jefe.

- Sí, eso parece, pero es algo temporal, créeme, no durará mucho.

- Durará lo que él quiera que dure. – Armando te dirige una mirada de pena, piensa que no tienes el control de la situación. – Recuerda una cosa, siempre te estará vigilando, si pretendes hacer algo en su contra debes tener en cuenta que él lo sabrá antes de que suceda.

- Gracias por el consejo. ¿Puedo pedirte un favor? ¿Puedes entregarle este documento al Jefe? Dile que es de mi parte, no quiero que me vean cerca de él.

- Cuenta con ello, amigo.

Armando coge el papel que le pasas por debajo de la mesa y cumple con su palabra.

Los siguientes días pasan rápidamente, filtras información a ambos rivales, siempre con cuidado de no ser descubierto, te ganas poco a poco la confianza tanto del director como del Jefe.

Tu nuevo compañero de celda está constantemente pendiente de tus movimientos, por una parte, te pone nervioso, pero por otra parte sientes seguridad al estar siendo observado por alguien.

Los métodos del Jefe para pasarte información nunca dejan de sorprenderte, una noche recibes una caja de cartón, al abrirla ves que hay un teléfono móvil dentro, comienza a vibrar, una llamada entrante, respondes.

- ¿Hola?

- Ya sabes quién soy, tengo algo que pedirte, esta vez necesito que investigues algo diferente, creo que la banda de los latinos planea escapar de la prisión excavando un túnel, la entrada debe estar en alguna zona del patio. El guardia que te ha llevado la caja se ha dejado la puerta de tu celda abierta accidentalmente, quiero que vayas ahora mismo al patio e investigues lo que está pasando. Lleva cuidado con el vigilante de la torre, lo más probable es que esté distraído con su teléfono, pero debes ocultarte y no ser visto, ¿entendido?

- Sí, Jefe.

- Muy bien, ahora haz lo que te he dicho.

Piensas durante unos segundos en la conversación que has tenido, ya estás harto de recibir órdenes del Jefe, un túnel podría ser lo que necesitas para escapar, sin embargo, no sabes ni dónde está ni si está terminado ni nada. Podría ser demasiado arriesgado, quizás ni siquiera exista. Por otra parte, también podrías informar del plan de fuga de los latinos al director, eso te ayudaría a ganarte su confianza. Miras de reojo a tu compañero de celda, está durmiendo boca arriba con los brazos cruzados, parece un vampiro.

Te levantas lenta y sigilosamente, te acercas a la puerta de la celda, efectivamente, está abierta, sales al pasillo. ¿Hacia dónde te diriges?

Si decides intentar escapar por el túnel, ve a la página 83

Si prefieres informar al director de la prisión, ve a la página 84

Tus ansias de libertad se imponen a cualquier otro pensamiento, visualizas el túnel en tu mente, te imaginas a ti mismo corriendo en la oscuridad y llegando a tu preciado destino.

El silencio es total, te diriges hacia el patio, caminas lo más cerca de la pared que puedes para ocultarte entre las sombras. Llegas a la puerta que da acceso al patio, tal y como te imaginabas, está cerrada. Analizas la puerta, crees que puedes ser capaz de forzarla y abrirla, parece que en la academia de la policía te enseñaron algo útil.

Te arrodillas para tratar de abrir la puerta, en ese momento escuchas algo en el pasillo, disimuladamente miras hacia atrás y lo ves claramente, un hombre escondiéndose, sin duda alguna se trata de un preso, quizás sea tu compañero de celda, sabes que el Jefe vigila cada uno de tus movimientos.

Consigues desmontar la cerradura, para ello has tenido que arrancar una pieza metálica, la guardas en tu bolsillo. Abres lentamente la pesada puerta, examinas el exterior, efectivamente el guardia de la torre parece estar distraído con su teléfono móvil.

Sales con precaución y caminas sigilosamente en dirección a la zona ajardinada del patio, piensas que, si alguien ha hecho un túnel, debe estar escondido entre los arbustos. Te escondes en las sombras, sabes que el esbirro del Jefe te sigue y esperas que salga por la gran puerta de metal. Así es, al cabo de unos segundos puedes ver como tu compañero de celda asoma su cabeza por la puerta y accede al patio. Ha llegado el momento de usar los recursos que tienes a tu favor.

Te armas de valor y actúas casi por instinto, sacas de tu bolsillo la pieza metálica de la cerradura y la lanzas con fuerza contra la puerta, el sonido metálico es estremecedor. El guardia de la torre salta de su silla y enfoca el potente foco hacia el patio, pillando in fraganti a tu compañero de celda que comienza a correr para ponerse a cubierto, el guardia dispara una y otra vez, el prisionero consigue esconderse tras un banco y así protegerse de las balas de goma, no sin antes haber recibido algún impacto en brazos y espalda.

Has conseguido exactamente lo que te proponías, librarte del vigilante y del hombre que el Jefe había enviado para espiarte. Sabes que tienes poco tiempo y debes encontrar el túnel, inspeccionas la zona tratando de combinar rapidez y sigilo, una tarea casi imposible. De fondo escuchas como los disparos del guardia impactan contra el banco del patio.

Ni rastro del túnel, empiezas a pensar que quizás todo fuera una invención del Jefe para ponerte a prueba, analizas tus posibilidades de huida, parece prácticamente imposible llegar hasta la puerta sin ser visto por el guardia de la torre, se activa la alarma y se encienden todos los focos del patio.

Saltas al interior de unos arbustos para esconderte de la luz, tu sorpresa es que caes en un agujero profundo y oscuro, has encontrado la entrada al túnel, no hay vuelta atrás, nadie te ha visto y la libertad está frente a ti, avanzas con todas tus fuerzas en la oscuridad y humedad del pasillo subterráneo hasta que finalmente la ves, la luz de la luna ilumina el cielo más allá de los muros de la prisión, eres libre.

FIN

Sabes perfectamente que el Jefe te ha pedido que vayas al patio e investigues, pero ya estás cansado de recibir órdenes de alguien que se cree tu superior, la hora de tomar tus propias decisiones ha llegado. En el pasillo únicamente están encendidas las luces de emergencia, son de un color anaranjado e iluminan lo suficiente para no chocar con las paredes al caminar.

Miras al interior de la celda, tu compañero sigue en la misma posición, tumbado en la cama estilo Drácula. Para ir hacia el patio deberías ir a la derecha, sin embargo, la zona de las oficinas está hacia tu izquierda. Cierras la puerta de la celda lentamente, dudas unos segundos y finalmente vas hacia la izquierda.

Sabes que el director no estará en su despacho, con suerte te encontrarás a alguno de sus hombres de confianza que le hará llegar el mensaje. Es la primera vez que te aventuras a informar así, normalmente solías ser más discreto, si te encuentra la persona equivocada estarás en serios problemas. Avanzas por los pasillos, todo el mundo duerme, quizás incluso algún vigilante, el exceso de calma en la prisión no parece natural, el silencio absoluto te pone nervioso. Sabes perfectamente que las puertas para salir del pabellón de celdas estarán cerradas, por suerte conoces un camino para acceder directamente a la oficina del director, el conducto de ventilación, te diriges hacia los baños donde, si nadie ha cambiado nada, debería estar el acceso al viejo sistema de ventilación de la prisión. Dejaste los tornillos de la tapa sin apretar, por lo que, con las uñas, deberías ser capaz de sacarlos sin problemas.

La puerta del baño se encuentra a unos cinco metros frente a ti cuando escuchas pasos a tu espalda, alguien está haciendo el mismo recorrido que tú, aceleras el ritmo, abres la puerta y entras en el baño, cierras la puerta suavemente para no llamar la atención. No sabes si la persona del pasillo te ha visto o escuchado, debes acceder rápidamente al conducto de ventilación. Efectivamente la tapa se abre sin problemas y te deslizas de nuevo por ese gran tubo metálico.

Recuerdas perfectamente el camino hasta la oficina del director, te desplazas lentamente para evitar hacer ruido, el metal del conducto es lo suficientemente duro como para soportar tu peso, pero un movimiento malo y el sonido podría escucharse por toda la planta. Al cabo de unos minutos, llegas hasta la oficina del director, está completamente a oscuras. Accedes al interior, caminas hacia la puerta y enciendes la luz.

- ¡Sorpresa!

No te lo crees, sentado en un sillón se encuentra el Jefe, no tienes tiempo de reaccionar, pues la puerta se abre y uno de sus esbirros te ataca por la espalda colocando un cable alrededor de tu cuello y ahogándote. Ves también como tu compañero de celda aparece por el conducto de ventilación, te han estado siguiendo.

- A mí nadie me traiciona. – El Jefe se levanta para dar su discurso. - ¿De verdad pensabas que no te tendría controlado? ¿Qué podrías seguir pasando información al director sin que yo hiciera nada?

Poco a poco las palabras se van diluyendo en tu mente, la falta de oxígeno te afecta, tratas de liberarte, pero te resulta imposible, parece que ha llegado tu...

FIN

No tienes tiempo para pensar, tratas de dejar el escritorio tal y como estaba antes de tu llegada y te escondes tras las grandes cortinas rojas.

La puerta se abre y los pasos se escuchan en el interior de la oficina, el hombre se acerca a tu escondite, casi puedes escuchar su respiración, no debe estar a más de dos metros de distancia.

Recuerdas que no has cerrado correctamente la tapa del conducto de ventilación, es posible que el director ya se haya dado cuenta de que alguien ha entrado en su despacho. Piensas en atacar a tu rival aprovechando el factor sorpresa, escuchas como se sienta frente al ordenador, lo enciende, está a pocos segundos de descubrir que todos sus documentos han sido borrados, debes actuar.

Justo en el momento en el que disponías a abalanzarte contra tu presa, suena su teléfono móvil.

- ¿Sí?... Buenos días... Soy yo, el director, sí... Pues la verdad es que aquí lo tenemos preso, hemos borrado todos los informes sobre él, ahora mismo es como un fantasma, no tiene nombre ni datos personales. – Está claro que el director de la prisión habla sobre ti con algún miembro de la trama de corrupción. – Entiendo... Entiendo... Debe ser eliminado, muy bien, nadie le echará de menos. Mañana mismo ordenaré su ejecución, como hicimos con el portugués, nadie se dará cuenta y en pocos días todos lo habrán olvidado... ¡Adiós!

El director cuelga el teléfono, escuchas una silla moviéndose violentamente y a los pocos segundos, la puerta cerrarse de golpe, parece que ha salido de la oficina con prisas. Te esfumas de la habitación por el mismo lugar que entraste, el conducto de ventilación. Vuelves a tu trabajo de limpiador pensando en cómo jugar tus cartas para sobrevivir ahora que sabes que el director va a intentar matarte.

Acaba tu jornada laboral y todos los presos os dirigís a vuestras celdas, al cruzarte con uno de los hombres del Jefe le dices algo al oído.

- Tengo información muy importante, reunión esta noche, urgente.

No tienes tiempo para más, pero parece que el prisionero ha entendido lo que debe hacer.

Esperas dentro de tu celda, tumbando en la cama sin poder cerrar los ojos, tu compañero Armando duerme desde hace media hora. No tienes tiempo para pensar demasiado, pues la puerta se abre y aparece el Jefe junto a uno de sus hombres. No dejará de ser un misterio para ti como consiguió tanto poder dentro de la prisión un hombre condenado por un juez.

- Buenas noches, he venido porque se me ha informado de una urgencia, y hay asuntos que no debo pasar por alto, lo primero es lo primero, ¿tienes mi USB?

- Aquí está.

Entregas el dispositivo con el que has borrado el ordenador del director. Tu compañero Armando se despierta y pregunta.

- ¿Os dejo a solas?

- No será necesario. – El Jefe responde. – Siempre y cuando sepas guardar un secreto. Tu compañero estaba a punto de contarme algo realmente importante.

La prepotencia y superioridad con la que el Jefe se dirige a las personas te pone de los nervios, sin embargo, sabes que es la única persona que puede mantenerte con vida en ese infierno.

- Necesito protección, he escuchado al director hablando por teléfono, afirmaba que iba a ejecutarme, igual que hizo en el pasado con un portugués.

- ¡Helder! – El Jefe piensa unos segundos y continúa hablando. – Sabía que ese cerdo del director había tenido algo que ver con la muerte de Helder. Era un buen hombre, creo que le mataron porque sabía demasiado. Una historia parecida a la tuya, amigo.

- ¿Me ayudarás?

Intencionadamente el Jefe mantiene un incómodo silencio durante unos veinte segundos, da un par de vueltas por la celda hasta situarse frente a Armando, mirándole fijamente a los ojos le dice.

- Creo que vas a tener que mudarte, las cosas se van a poner feas y uno de mis hombres va a tener que dormir aquí, junto a este pobre desgraciado.

- Puedo cambiarme de celda. – Armando responde al comprender la gravedad de la situación. – No hay ningún problema.

El Jefe sonríe.

- Estupendo, mañana todo estará organizado, los hombres se colocarán en sus puestos de combate. Una guerra está a punto de empezar y todo parece indicar que este pobre desafortunado va a ser el campo de batalla. – El Jefe te señala con su dedo índice y continúa su discurso con una clase de historia. – Esta situación me recuerda a la Guerra Fría, los Estados Unidos y la Unión Soviética combatían en diferentes lugares del mundo, pero siempre tratando de evitar un conflicto armado directo entre ambas potencias. En esta ocasión, el director tratará de matarte, y yo te mantendré con vida. Veremos quién gana la contienda.

Te preocupa que el Jefe se tome tu vida como un juego de guerra para demostrar que tiene más poder que el director, aunque agradeces enormemente contar con su ayuda, ya que es la única que tienes.

Apenas duermes durante la noche, por la mañana puedes ver como Armando recoge sus objetos personales y deja limpia su parte de la celda, si algo echarás de menos son sus sabios consejos.

Os dirigís al patio, miras fijamente a cada uno de los guardias, cualquiera de ellos podría ser tu asesino. Al entrar en el salón te das cuenta de que la disputa ha comenzado, los hombres del Jefe se han organizado para estar constantemente cerca de ti, durante toda la mañana no pasas ni un segundo a solas, cuando algún guardia trata de llevarte a alguna parte, siempre aparece un prisionero que se lo impide.

El día llega a su fin y sigues vivo, primera victoria del Jefe, al volver a tu celda conoces a tu nuevo compañero de habitación.

- Hola, yo ser Darko, yo serbio, yo proteger ti.

Está claro que la gramática española no es el punto fuerte de tu nuevo compañero, sin embargo, su fortaleza física y su gran tamaño hacen de Darko un perfecto guardaespaldas.

En tu cabeza hay un único pensamiento: es solo cuestión de tiempo que este conflicto pase a otro nivel. No te equivocas, pues la Tercera Guerra Mundial está a punto de comenzar y la prisión será su escenario.

Todo transcurre con normalidad durante el desayuno, hasta que uno de los guardias te sirve un café en la bandeja, Darko sospecha de este acto y le da el café a otro prisionero.

- ¡Bebe!, ¡ahora!

El pobre hombre lleva menos de una semana en la prisión, no se atreve a rechazar la taza de café que le ofrece el gigante serbio. Parece un tipo sencillo, lo único que sabes de él es que robó un coche para posteriormente estrellarlo contra la casa de su exmujer. La forma más estúpida de entrar en prisión, y de morir, pues tras tomar el café de un trago, empieza a escupir sangre por la boca y se tira al suelo agonizando.

- Veneno... – Darko susurra. – Sucias ratas...

- Rápido, hay que llevar a este hombre a la enfermería, parece que le está dando un ataque al corazón. – El guardia que había puesto el café en tu bandeja trata de disimular, aunque sabe perfectamente que el hombre está muerto por su culpa. Acto seguido mira fijamente a los ojos a Darko y le dice en voz baja. - ¿Estás dispuesto a morir por proteger a este don nadie?

Tu nuevo guardaespaldas no responde con palabras, lo hace con una mirada agresiva que aterraría al más valiente de los hombres.

Ese mismo día, durante la hora del patio, varios presos atacan al guardia que te sirvió el café. El vigilante muere desangrado con más de treinta heridas de arma blanca por todo el cuerpo.

Los guardias de la prisión se preparan para la venganza, armados con porras, escudos y cascos, reducen a los presos implicados en el asesinato de su compañero, la lucha parece una batalla entre vikingos. Los heridos se cuentan por decenas.

El conflicto ya ha dejado sus dos primeros cadáveres. Dicen que en la guerra no hay vencedores sino vencidos, pero en este caso uno de los combatientes disfruta de una alegría pasajera, el Jefe no oculta su sonrisa, ya que parece que todo son derrotas para el director, quien ahora debe dar explicaciones a los familiares de los fallecidos. Pero, como toda alegría pasajera, la del Jefe termina al poco de empezar, al día siguiente le envían a una celda de aislamiento, alegando los guardias que él era el organizador de los asesinatos.

El Jefe se ve separado de todos sus privilegios y alejado de sus hombres. El contrataque del director parece definitivo, incluso en los pasillos ya se habla de una victoria del alcaide, pues todo el mundo sabe que a su rival le será difícil dar instrucciones desde la celda de aislamiento. Y, mientras tanto, tú sigues vivo.

Darko es tu nuevo ángel de la guardia, tratas de mantenerte siempre a su lado, especialmente ahora que sabes que el Jefe no está cerca. Poco a poco, comenzáis a conoceros más el uno al otro, un día os habláis de vuestros pasados. Darko es un excombatiente de las Guerras Yugoslavas que perdió su hogar y su familia durante el conflicto, al terminar la lucha en su país, continuó haciendo lo que mejor sabía, la guerra, sirviendo como mercenario a quien más le pagara.

No puedes evitar sentir pena al escuchar el triste relato de tu compañero, finalmente, también decides abrir tu corazón y contar tu historia, con todo tipo de detalles.

Darko pasa su brazo por encima de tu hombro.

- Amigo, tu no merecer estar aquí. Yo hacer muchas cosas malas en mi vida, pero luchar por ti ser lo correcto ahora.

- Gracias. – Te emocionas al hablar. – Lo peor de todo es que en unos años nadie me recordará, lo han planeado todo para que mi memoria se borre, como si nunca hubiera existido.

- Cuando yo querer recordar alguien, yo tatuar su cara.

El serbio se levanta la manga para mostrarte su musculoso brazo, en el que tiene un tatuaje de una hermosa mujer y un pequeño niño.

Tu humor cambia de repente.

- ¡Darko! ¡Eres un genio! Me has dado una idea. ¿Hay alguien que haga tatuajes en esta prisión?

Durante el resto del día llevas a cabo tu plan. Sabes que debes hacer algo, ya que el Jefe está incomunicado, le pides a un preso que va a quedar en libertad en cuestión de días que se tatúe tu cara y lleve tu historia a los medios de comunicación. A cambio te endeudas con él.

Los días pasan lentamente, los hombres del Jefe siguen protegiéndote, aún sin tener noticias de su líder. Una mañana, la puerta de la celda se abre antes de tiempo, entran varios guardias armados con porras que se lanzan directamente sobre ti y tu compañero. Tú no tienes tiempo de reaccionar y te inmovilizan en la cama entre dos hombres, Darko lucha y se deshace de los vigilantes con su fuerza bruta, seguidamente aparta a los guardias que te sujetan con violencia, más vigilantes entran en la celda, esta vez con el equipo completo de antidisturbios: casco, escudo y porra.

Darko se defiende como un titán, haciendo retroceder a los atacantes hasta el pasillo, parece King Kong luchando contra un ejército de liliputienses. Te levantas y observas la situación, un pasillo lleno de guardias preparados para la lucha y tu compañero en la puerta de la celda bloqueándoles el paso. Debes tomar una decisión.

Si decides luchar junto a Darko y atacar a los guardias, ve a la página 89

Si prefieres rendirte y terminar con la pelea, ve a la página 90

- ¡Al ataque!

Gritas armándote de valor mientras sales de la celda, tu compañero te sigue y os lanzáis contra el muro de escudos formado por los guardias, tú no consigues hacer demasiado daño, sin embargo, Darko abre una brecha en el muro tirando al suelo a varios hombres.

Recoges una de las porras del suelo y te abres camino hasta tu compañero, juntos avanzáis entre los guardias sin saber muy bien dónde ir, la lucha es frenética. Darko es irreductible, parece una fiera salvaje, de una potente carga estilo rugby deja fuera de combate a los últimos guardias que os cortaban el paso hacia la salida del bloque de celdas.

Los enemigos se multiplican, un nuevo grupo de vigilantes aparecen de la nada, forman una línea y sacan sus pistolas de descargas eléctricas, un solo disparo basta para que te retuerzas de dolor y caigas al suelo derrotado, tu compañero aguanta algo más, los primeros impactos consiguen frenar el avance de Darko, y tras varios disparos más, el gigante serbio cae el suelo junto a ti.

- ¡Cobardes! – Darko grita desde el suelo mientras sufre innumerables descargas de las pistolas. - ¡Luchad como hombres!

Los guardias disfrutan de su victoria, el cuerpo de tu compañero vibra por la alta dosis de electricidad recibida. El líder del pelotón se dirige a sus hombres.

- ¡Recordad las instrucciones!

Varios vigilantes te apuntan con sus armas y te disparan, no parece importarles que te encuentres en el suelo, rendido. Las descargas son dolorosas, piensas que van a parar ya que está claro que habéis sido derrotados, pero no lo hacen, sus órdenes están claras, continúan con la tortura.

Piensas en el mensaje que enviaste al exterior, el tatuaje de tu cara en el brazo de un prisionero, es posible que tu historia llegue a los medios de comunicación, quizás incluso el escándalo consiga acabar con la trama de corrupción, sin embargo, tu no lo verás, los guardias continúan disparándote hasta que tu corazón se detiene.

FIN

- ¡Basta! ¡Me rindo!

Tus palabras se escuchan por todo el pasillo, Darko te mira extrañado, no parece ser el tipo de hombre que deje una pelea a medias.

- No hagas nada, voy a salir.

Al terminar tu frase le guiñas un ojo a tu compañero en señal de tenerlo todo bajo control, te acercas hacia los guardias con los brazos en alto, los antidisturbios forman un muro con sus escudos, no parecen confiar en tu rendición, Darko observa atentamente desde la puerta de la celda.

- Llevadme con el director, hay algo importante que debe saber.

Tu estrategia no es otra que la de ganar tiempo, sabes que lo único que puede salvarte es la opinión pública del exterior.

Los guardias se miran entre sí, aceptan tu petición y te llevan a la oficina del director entre cuatro de ellos. Darko es encerrado de nuevo en la celda.

Entráis en el lujoso despacho, el director de la prisión parece que acaba de llegar al trabajo, se quita la chaqueta lentamente y se dirige hacia ti.

- Vaya, vaya... ¿Qué tenemos aquí? Cuando acepté tenerte encerrado hasta que los de arriba decidieran que hacer contigo no pensé que fueras a darme tantos problemas, has resultado ser un auténtico grano en el culo.

- Se hace lo que se puede. – Bromeas con un tono sarcástico. – Tú tampoco has estado nada mal, asesinando a gente inocente, ¿qué le dijiste a la familia del pobre preso que se tomó mi café?

El director se acerca a ti.

- ¿Te crees muy listo? ¿Piensas que podrías controlar este lugar mejor que yo?

- Seguro que no mandaría a mis guardias a despertar a los prisioneros a golpes.

La secretaria del director entra con una bandeja cargada con un croissant, un café y el periódico del día. Sin meterse en la conversación, la deja sobre el escritorio y sale de la oficina.

- ¿Sabes lo que va a pasar ahora contigo? – El director sonríe y te habla en un tono desafiante. – Te voy a meter en una celda de aislamiento, como a tu querido Jefe, quizás en la misma celda, y voy a olvidarme de llevaros comida, al cabo de unos días no tendréis más remedio que comeros a vosotros mismos.

Se siente en el ambiente la ira del director, está furioso, no se te ocurre otra idea mejor que incrementar su rabia.

- Oiga usted, señor director, la pena de prisión por secuestro, ¿en cuántos años está? ¿Y por encerrar a un miembro de la policía en prisión? Y si no me equivoco, creo que también habría que sumarle la de falsificación documental, abuso de poder...

No puedes terminar tu discurso, el director coge una de las pistolas de un guardia, te empuja contra la mesa y coloca su arma entre tus ojos, su mirada refleja desesperación. Quizás esté dispuesto a matarte, pero ya poco te importa lo que te pase, tienes mucho que ganar y muy poco que perder.

Suena el teléfono fijo de la oficina.

- He pedido una pizza. – Bromeas al tiempo que sonríes. – Os importaría decir que la quiero sin champiñones.

El director coge el teléfono sin dejar de apuntarte con la pistola.

- Buenas... No, no lo he leído, ¿qué pasa?... Aquí lo tengo, voy a ver...

Se acerca a la bandeja donde está su desayuno y sujeta el periódico con ambas manos, al ver la portada su cara se congela, lo tira encima de la mesa y entonces lo ves, eres la noticia más importante del país, una foto del tatuaje con tu cara ocupa la totalidad de la portada del periódico, el titular lo dice todo: "policía secuestrado y encarcelado por destapar trama de corrupción".

El director camina rápidamente de un lado a otro de la oficina, se acerca a ti.

- No voy a caer yo solo.

Te apunta de nuevo con la pistola, parece que esta vez sí que está dispuesto a utilizarla, aprieta los dientes al tiempo que presiona lentamente el gatillo.

No tiene tiempo de disparar, pues la puerta de la oficina se abre de golpe y seis agentes de las fuerzas especiales entran en la sala armados hasta los dientes, reducen al director y desarman a los guardias, tras ellos entra un hombre que te resulta familiar, se trata de tu mejor amigo dentro de la policía, sabías que no te dejaría atrás, no ocultáis vuestra alegría y os abrazáis.

Lloras de emoción, se ha hecho justicia.

FIN

- Me gustaba la jardinería cuando era pequeño, siempre ayudaba a mi abuelo en su casa de Córdoba.

Te colocas en la fila detrás de Jorge y, a los pocos minutos, salís al patio con un grupo de prisioneros. Tu tarea consiste en trasplantar unas flores de unos maceteros.

- ¿Puedes ver a aquel grupo de allí? – Jorge señala discretamente en dirección a unos arbustos. – Procura estar lejos de esa gente, son los latinos, una banda de locos asesinos que siguen a su líder como si fuera el mesías.

Tu nuevo amigo parece un hombre agradable.

- Muchas gracias, recuerdo haberte visto alguna vez en la televisión, eras uno de los jugadores preferidos de mi padre.

- Y mira cómo he acabado, organizando partidos de presos contra guardias, aunque te diré una cosa, me he librado de todo el estrés que tenía, la vida de un jugador profesional es horrible, la presión de los medios de comunicación te ahoga, analizan con lupa cada uno de tus movimientos, nadie recuerda tus aciertos, pero tus errores te acompañan el resto de tu vida.

- Es cierto, últimamente se habla mucho de ese jugador de la NBA que hizo una falta a su propio compañero durante el partido.

- La NBA es otro mundo. – Jorge parece estar entusiasmado con el tema de conversación. – Allí los jugadores se dopan y no pasa nada, las cámaras de televisión entran en los vestuarios, hay un universo creado para que los jugadores y espectadores no salgan de él, incluso algunos clubs les han pedido a sus jugadores que se autolesionen para no ir a las olimpiadas y mundiales con sus equipos nacionales.

- ¿Autolesionarse?...

Te quedas pensando durante unos segundos.

- Sí, exactamente, no lesiones graves, por supuesto, pero …

No dejas que Jorge termine su frase, le sujetas por el brazo y le dices.

- ¡Ya sé cómo voy a escaparme de esta prisión!

Habláis del plan durante varios minutos, a tu compañero le parece que puede funcionar, decidís contárselo al Jefe y finalmente lo organizáis para el día siguiente. Los pasos a seguir parecen sencillos, sin embargo, el éxito del plan depende de una mujer que no conoces, Cristina, la doctora de la prisión, Jorge te ha asegurado que es una profesional con honor y que no dudará en hacer todo lo posible para salvar a un herido.

El Jefe hace sus gestiones para contactar con los hombres que tiene a su servicio tanto dentro como fuera de la prisión, tú hablas con Armando sobre el plan, a tu compañero de celda le parece una locura y te aconseja que trates de explorar la vía legal. Pero tú ya has perdido la fe en la justicia, sabes que no saldrás de ese lugar por la puerta grande, debes arriesgarte.

Todo el mundo es consciente de lo que debe hacer, la noche pasa a velocidad reducida y con una inquietante tranquilidad, la calma que precede a la tempestad.

Al día siguiente te levantas y dedicas unos minutos a pensar, escondes la pistola en tu tobillo sujetándola con el calcetín y te diriges hacia el comedor, al entrar te sitúas en la cola para recibir tu desayuno y es entonces cuando puedes ver al Jefe dando la señal.

Las bandejas vuelan, varios presos atacan a los guardias que se ven sorprendidos por la acción, el resto de reclusos se unen a la pelea y se forma una auténtica batalla campal. En medio del caos y la confusión, Jorge y Roberto te empujan hacia la cocina.

- ¿Estás seguro de esto? – Te pregunta el exjugador de baloncesto. – Yo no lo haría ni loco.

- Sí, vamos.

Roberto te sujeta fuertemente por la espalda y te dice.

- Todavía no sé si eres increíblemente estúpido o increíblemente inteligente.

En ese mismo momento te levantan entre ambos y colocan de lado sobre el fuego de la cocina, tu piel se quema en cuestión de segundos, gritas de dolor.

- ¿Ya? – Jorge está aterrado. – Bájale, rápido.

Con tus últimas fuerzas le dices a tu amigo.

- Un poco más…

Finalmente te desmayas a causa del dolor.

Despiertas tumbado en una cama, abres los ojos, pero no tienes fuerzas para hacer nada más, parece que estás en la enfermería de la prisión, en la habitación hay varias personas que no conoces.

- Tiene quemaduras de tercer grado en la mayor parte del costado, tenemos que pedir el traslado a un hospital ya. – La voz que escuchas proviene de una doctora que te está curando la herida. – Con el material que tengo aquí no puedo hacer mucho más.

- No, le tratarás aquí, el preso no puede salir de esta sala. – Un hombre elegante es quien da las órdenes, parece alguien importante, quizás sea el director. – Si necesitas algún medicamento especial te lo traeremos, pero de aquí no se mueve.

- Le estás condenando a morir, con el material del que disponemos en la prisión no podemos hacer nada por él, hay que llevarle a un hospital ya.

La doctora parece alterada, no hay duda de que quiere hacer todo lo posible por salvar tu vida.

- Ya has oído lo que te he dicho, esto no es un campamento juvenil, avísame si necesitas algo.

El hombre desaparece de la sala seguido por un grupo de guardias de seguridad. Cristina vuelve al trabajo, está nerviosa, sabe que tu estado de salud es crítico.

Consigues hablar con una voz débil.

- Ayuda…

- Tranquilo, no voy a dejarte morir.

La doctora saca su teléfono privado y realiza una llamada al teléfono de emergencias, puedes escuchar como solicita una ambulancia urgentemente y tu traslado al hospital más cercano.

Al cabo de una hora la ambulancia llega a la prisión, Cristina no se ha separado de ti ni un segundo, la sala se llena nuevamente de gente, el hombre con traje elegante es el último en entrar.

- ¿Es usted el director de la cárcel? - Pregunta uno de los asistentes del hospital mientras sus compañeros te colocan en una camilla. – Necesito que me firme este papel para autorizar el traslado.

El director mira a Cristina con rencor, finalmente firma de mala gana y se dirige al técnico sanitario.

- Uno de mis hombres irá en la ambulancia, por seguridad.

- De acuerdo, vamos.

Sales de la prisión, por la puerta grande, no de la forma que te habría gustado, pero te sientes un poco más cerca de la libertad, el dolor es insoportable. Subís a la ambulancia y circuláis a toda velocidad, escuchas las sirenas de la ambulancia y de un par de coches de policía, deben ser la escolta que os acompaña, uno de los asistentes le pregunta al guardia.

- ¿Cómo se ha hecho esto? Es una buena quemadura.

- Ha habido una pelea, otros presos le han cocinado. – El guardia habla en todo de broma. – Creo que la comida de la prisión no es muy buena y algunos han decidido hacer una barbacoa.

El humor del vigilante parece no hacerle gracia al técnico sanitario que trata de limpiarte la herida. Tras unos veinte minutos, la ambulancia se detiene bruscamente, varias medicinas caen al suelo por el frenazo, escuchas gritos en el exterior, parece que los policías están teniendo problemas. Los sanitarios se alarman, se miran entre sí, no saben qué hacer. El guardia desenfunda su pistola.

- Tranquilos, seguro que no pasa nada. Yo me encargo – El vigilante trata de calmar la situación. - ¿Podéis recoger las cosas que han caído al suelo?

Aprovechando que los sanitarios están ocupados, el guardia de la prisión saca disimuladamente de su bolsillo una jeringuilla, eres el único que puede ver la situación. Sabes que todavía tienes un arma escondida en tu tobillo, debes actuar rápidamente, ¿qué haces?

Si sacas la pistola y atacas al guardia, ve a la página 95

Si avisas a los sanitarios, ve a la página 96

Sabes que no hay tiempo, el guardia saca una jeringuilla y se acerca a ti, no hay duda de que quiere inyectarte el líquido que contiene. Con un doloroso movimiento, levantas la pierna y sacas la pistola que tienes escondida en el calcetín, apuntas al guardia directamente al pecho.

- ¡No te muevas!

Tu débil grito no parece asustar al vigilante, de un golpe te desarma, la pistola cae al suelo, los técnicos sanitarios se alarman, uno de ellos pregunta.

- ¿Qué tiene esa jeringuilla?

El guardia se pone nervioso, no parece saber qué hacer, no dice nada, simplemente se acerca hacia ti de nuevo, te sujeta con fuerza y acerca la jeringuilla a tu cuello.

Uno de los técnicos trata de impedírselo, el vigilante le golpea con la pistola haciéndole una gran herida en la cabeza.

No sabes qué sustancia contiene la jeringuilla, pero está claro que no es nada bueno. El guardia te mira a los ojos, sonríe y te dice.

- Dulces sueños.

No tiene tiempo de inyectarte el líquido, pues la puerta de la ambulancia se abre bruscamente y varios hombres armados entran en ella.

Tras un breve tiroteo, el vigilante cae al suelo herido, los hombres te sacan de la ambulancia y te introducen en un vehículo negro, huis rápidamente del lugar, uno de ellos saca un teléfono móvil y hace una llamada.

- Jefe, tenemos el paquete, extracción realizada con éxito, ¿el doctor está preparado?... Muy bien, vamos para allí.

FIN

- ¡Ayuda! ¡Tiene una jeringuilla! ¡Me quiere matar!

Los sanitarios reaccionan a tus gritos.

- ¿Qué es eso?

- Nada que os importe. – El guardia está tenso. Apunta con su pistola hacia los asistentes. – Salid de la ambulancia ahora mismo.

Parece que van a obedecer cuando uno de ellos se gira y se planta frente al guardia.

- No, antes dime qué tiene esa jeringuilla y qué pretendes hacer con ella.

- No te importa, ya te he dicho que salgas.

- ¡Me va a matar! – Gritas alarmado. – ¡Es un asesino!

Al terminar tu frase sientes un pinchazo en el cuello, tratas de defenderte, pero es inútil, el vigilante de seguridad te ha inyectado el líquido amarillento.

La puerta de la ambulancia se abre, varios hombres armados disparan al guardia, él responde a los disparos y mata a uno de los sanitarios, la ambulancia se llena de sangre.

Empiezas a sentir taquicardia, tu corazón se acelera rápidamente. Los hombres armados te sacan de la ambulancia y te introducen en un coche, tu vista se nubla, no puedes ver nada, el dolor se incrementa, escuchas como se gritan entre sí.

- ¿Cómo está?

- Muy mal, le sale sangre por la boca.

- ¡Hay que llamar al Jefe!

- Necesita un médico urgentemente.

- ¿Sobrevivirá?

- No creo…

De repente todo queda en blanco y tus ojos se cierran definitivamente.

FIN

Un grupo de unos 20 hombres enardecidos corren sin control por los pasillos arrasando todo a su paso, tú les sigues de cerca, el caos es total, parece una estampida de elefantes.

La alarma suena con intensidad por toda la prisión, las puertas de acceso se bloquean, el grupo no puede continuar avanzando por el pabellón de las celdas que ha quedado sellado, solo queda una salida.

- ¡Al patio! ¡Vamos!

Uno de los presos grita con energía y todos le seguís sin cuestionar su decisión.

Al salir al patio podéis ver como los guardias se están recuperando poco a poco, no tienen tiempo de reaccionar, ya que los prisioneros armados con sus porras les reducen violentamente.

Algunos reclusos tratan de reabrir el túnel por el que han escapado los latinos, lo hacen excavando con sus propias manos, se pelean entre ellos por obtener un mejor lugar en la excavación, parecen estar desesperados por huir.

- ¡Arrancad la mesa!

El líder del grupo de vikingos ordena y sus hombres ejecutan, levantan una pesada mesa que estaba fijada al suelo y se disponen a utilizarla como ariete contra la valla del patio. Despiertas del sueño que pareces estar viviendo y decides tomar parte activa en la situación, corres hacia los vikingos que, armados con el ariete, arremeten duramente contra la valla del patio, el impacto es brutal, la estructura metálica cede y cae, el primer obstáculo ha sido superado.

El guardia de la torre despierta, ve el caos que se ha organizado en el patio, carga su arma y abre fuego, su primer objetivo son los presos que tratan de excavar el túnel, el sonido del rifle es estremecedor, no hay duda de que utiliza munición real, en pocos segundos, deja varios cadáveres en el patio.

Durante unos segundos cesan los disparos, el vigilante recarga su arma y apunta al grupo en el que tú te encuentras, estáis avanzando rápidamente hacia la segunda valla, de nuevo se escucha el rugir del rifle abriendo fuego.

Las primeras balas pasan a escasos centímetros de tu cabeza, algunas de ellas impactan en uno de tus compañeros que cae al suelo con los ojos blancos. Rápidamente volcáis la mesa a modo de escudo y os escondéis tras ella, los impactos agujerean vuestra barricada, parece que la potencia del rifle supera a la defensa ofrecida por la mesa, otro preso es alcanzado por las balas, grita de dolor al sentir su estómago perforado. Los disparos se acercan a tu posición, varios prisioneros salen corriendo aterrorizados

De repente se hace el silencio, dejas de escuchar el sonido del arma, al mirar hacia la torre puedes ver que varios reclusos han escalado por la estructura metálica y han reducido al guardia, ahora tienen en su poder un arma de fuego.

- Toma esta sierra, es para cortar metal. – El prisionero que está tumbado junto a ti te entrega el objeto que puede ayudarte a escapar, mientras él se desangra. – Yo ya estoy acabado, pero tú todavía puedes huir de este lugar.

- ¿Y la valla no está electrificada?

- Utiliza tus pantalones como guantes.

Haces caso del consejo y te pones manos a la obra, cortas el metal lentamente y prácticamente no sientes las descargas eléctricas de la valla.

Un sonido estremecedor inunda todo el patio, miras hacia arriba y entonces lo ves, un helicóptero se sitúa en posición sobre vuestras cabezas, si te ven cortando la valla será tu final.

Alguien dispara desde la torre de vigilancia, es uno de los prisioneros, los impactos de bala obligan al helicóptero a reposicionarse. Al cabo de unos segundos se sitúa frente a la torre y abre fuego con algún tipo de armamento de gran potencia. Los cristales saltan por los aires. A pesar de la destrucción, se sigue escuchando un rifle efectuando disparos desde lo más alto de la torre.

Aprovechando el fuego cruzado, continúas con tu labor, en unos pocos segundos consigues hacer un agujero lo suficientemente grande como para escapar, miras hacia atrás, tu compañero está muerto, te arrastras por el suelo y pones tus pies por primera vez en mucho tiempo fuera de la prisión, corres con todas tus fuerzas por el bosque, el aire fresco te hace sonreír, eres libre de nuevo.

FIN

- De acuerdo, lo haré. ¿A quién debo matar?

- Se llama Blas, es uno de los guardias que vigilan en el comedor y en el segundo turno de lavandería. – El Jefe introduce algo disimuladamente en tu bolsillo, está envuelto en una servilleta. – Usarás este veneno, es un polvo, actúa al contacto con la piel. Debes impregnar una toalla con la sustancia y asegurarte de que Blas la utilice para secarse las manos. Ten cuidado y no toques el polvo.

Un millón de dudas pasan por tu cabeza, no puedes evitarlo.

- ¿Y si...?

- No hay tiempo para más explicaciones. – El Jefe interrumpe tu pregunta. – Son las cinco y media, debe estar a punto de llegar.

El Jefe termina su frase, pasan unos segundos y, casi por arte de magia, se abre la puerta de la lavandería y entra Blas.

Nunca antes en toda tu vida habías estado tan nervioso como lo estás ahora, vas a acabar con la vida de un hombre, y todo por sobrevivir, la vida en la prisión saca el instinto animal de las personas, el ser humano es capaz de hacer cualquier cosa por seguir vivo.

Sigues las instrucciones, manipulas la sustancia con mucho cuidado, impregnas una pequeña toalla limpia con el veneno, estás listo para actuar, solo te falta encontrar el momento adecuado.

Pero parece que el Jefe lo tiene ya todo planeado, uno de los prisioneros derrama intencionadamente un cubo de agua, mojando a Blas de cintura para abajo.

- ¿Pero qué haces? ¡Tráeme una toalla!

Es tu momento de actuar.

- Aquí tienes.

Rápidamente le entregas la toalla a Blas, que se seca como puede, el veneno entra en contacto con sus manos. No pasan ni quince minutos y el guardia empieza a gritar de dolor, nadie excepto tú y el Jefe sabe lo que está pasando, entre varias personas llevan a Blas hasta la enfermería.

Estás en estado de shock, no puedes creerte lo que has hecho, el monstruo en el que te has convertido no merece salir con vida de ese lugar, tus pensamientos negativos inundan tu conciencia.

A la hora de cenar el Jefe se sienta junto a ti.

- Tengo que admitir que has realizado un trabajo excelente, ni los sicarios más profesionales de Colombia lo habrían hecho mejor.

No contestas a sus halagos, no tienes motivos para sentirte feliz. El Jefe continúa hablando.

- Toda esta situación ha cabreado mucho a los de arriba, ha llegado a mis oídos que van a realizar un registro general en todas las celdas, tengo un pequeño objeto del que deshacerme, lo llevarás al patio y allí lo enterrarás.

El Jefe de nuevo introduce algo en tu bolsillo, parece pesado y metálico, metes la mano y lo tocas delicadamente, es una pequeña pistola.

- Está cargada. – Te dice. – Ten cuidado, no vaya a ser que te dispares en un pie.

No eres capaz de abrir tu boca para protestar, te has convertido en lo que más odiabas, un asesino. Apenas comes, tiras los restos de tu cena en la papelera y te diriges a tu celda, allí está Armando leyendo un libro.

- ¿Qué te pasa? Estás pálido. Parece que hayas visto al fantasma de tu tatarabuelo.

- Estoy bien. – Respondes sin demasiadas ganas. – Me ha sentado mal la cena.

- A mí no me engañas, algo te preocupa. – Tu compañero es un buen psicólogo, sabe perfectamente lo que sientes. - ¿Es por lo del guardia de seguridad?

Piensas en silencio durante unos segundos, finalmente preguntas.

- ¿Sabes algo de él?

- He oído que murió mientras le trasladaban al hospital en ambulancia, pasó varias horas gritando de dolor en la enfermería, no saben qué le ha pasado, se rumorea que alguien le envenenó.

Sentimientos de tristeza, agobio y culpabilidad inundan tu cabeza, Armando se da cuenta de esto y te mira fijamente a los ojos.

- Oye, ¿tú has tenido algo que ver con la muerte del guardia?

Si contestas que sí y cuentas la verdad, ve a la página 101

Si mientes y dices que no sabes nada del tema, ve a la página 102

- El Jefe me lo pidió. – Contestas casi llorando. – Yo solo hice lo que él me dijo.

- ¿Y si te dice que te tires por un puente tú lo haces? Has matado a un hombre, un hombre honrado por lo que sé de él. – El tono de Armando se vuelve más y más agresivo. – Eres el responsable directo de la muerte de Blas, voy a tener que delatarte.

Esas últimas palabras entran en tu mente como torpedos, lo que quedaba de tu mundo se derrumba.

- No, no lo harás, estarás callado y no le dirás nada a nadie.

- Eso suena a amenaza, chico. Dime, ¿qué vas a hacer para impedírmelo?

No respondes a la pregunta, sacas la pistola que te ha dado el Jefe y apuntas a tu compañero de celda.

- ¿Vas a matarme? – Armando sonríe mientras habla. – Cuando pensaba que no podías ser más estúpido me sorprendes con esto. En vez de un cadáver vas a dejar dos. Y yo que pensaba que eras una buena persona...

Tu mano tiembla mientras sujetas la pistola.

- No quiero matarte, no me obligues a hacerlo.

La puerta de la celda se abre bruscamente.

- ¡Registro!

Un guardia entra con decisión, su mirada se congela al ver el arma que portas en tus manos, con un movimiento rápido cambias de objetivo y apuntas al sorprendido vigilante directamente a la cabeza al tiempo que le ordenas rendirse.

- ¡No te muevas, arriba las manos!

El hombre parece asustado, hace lo que le pides sin decir ni una palabra. En ese mismo momento, Armando salta sobre ti, sujeta con sus dos manos la pistola y comenzáis un violento forcejeo por quedaros con el arma de fuego, caéis al suelo y rodáis uno sobre el otro, la pistola está entre vuestros dos cuerpos.

- ¡Pum!

El arma se dispara, un charco rojo de sangre empieza a formarse en el suelo de la celda, tienes el pecho agujereado, la bala te ha atravesado el corazón, lo último que ves es la mirada de preocupación de Armando, el guardia recoge el arma del suelo y dice.

- Está muerto.

FIN

Respondes a la pregunta de tu compañero.

- ¿Yo? Para nada, yo jamás mataría a una persona.

Armando te mira con dudas, parece que no terminas de convencerle. Te acercas a la puerta de la celda, se escuchan ruidos en el pasillo. De repente, la pesada puerta metálica se abre bruscamente golpeándote en la cabeza.

- ¡¡¡Ahh!!!

Gritas por el dolor y te llevas una mano a la frente, tienes una brecha que está sangrando abundantemente.

- ¡Registro!

Un guardia entra en la celda, no se sorprende al verte ensangrentado, parece no importarle demasiado, se gira y llama a uno de sus compañeros.

- Lleva a este preso a la enfermería, parece que se ha dado un golpe por torpe.

- Pero si has sido tú quien me ha ....

No puedes terminar tu réplica pues el guardia se pone frente a ti y te muestra su porra al tiempo que te susurra.

- Silencio, ¿o a lo mejor es que quieres que te abra otra brecha en la mejilla?

Mueves la cabeza en señal de haberlo entendido.

- Así me gusta, ahora vete de aquí, corre a la enfermería.

El otro guardia te saca del bloque de celdas y te lleva al gabinete donde la doctora Cristina te atiende, es una mujer joven, su sonrisa te transmite confianza.

- Es una herida muy fea, ¿cómo te la has hecho?

- Un resbalón mientras me lavaba los dientes.

No es tu mejor día en cuanto a respuestas convincentes, la doctora decide no indagar más en el asunto y cambia de tema para ofrecerte una conversación agradable.

- ¿Te gusta el fútbol? ¿Viste el partido? Todos están hablando de la polémica con el último gol del Real Madrid, yo creo que el árbitro debería haber pitado falta.

- No, la verdad es que no lo vi, yo soy del Atlético de Madrid desde que era un niño, estamos acostumbrados a que los árbitros nos roben los partidos.

- Yo solo llegué a ver los últimos 20 minutos. Estuve rellenando unos documentos para el juez por... - La doctora guarda silencio durante unos segundos y continúa. – Bueno, por lo que pasó ayer, la verdad es que no me dejáis tranquila ni un día, es imposible aburrirse en este lugar.

- ¿Sufrió mucho? El guardia, quiero decir.

- Por desgracia sí, le envenenaron con algún tipo de toxina que no había visto nunca, hay mil formas de matar a una persona, quien lo hizo eligió una de las más dolorosas. Ahora mismo la policía estará analizando las imágenes de las cámaras de seguridad de la lavandería, espero que atrapen pronto a ese asesino.

Cristina se gira hacia el guardia que vigila la puerta.

- Se me ha acabado el agua oxigenada, ¿puedes ir al almacén a por un bote?

- Sí claro, ahora vuelvo.

El guardia abandona la sala y la doctora y tú os quedáis a solas, piensas en lo que ella te acaba de decir, las grabaciones de las cámaras habrán captado el momento en el que vertiste el veneno en la toalla y posteriormente se la ofreciste a Blas, estás acabado.

Actúas casi por impulso, te levantas, sacas la pistola que tienes escondida y apuntas a Cristina directamente a la cabeza, ella se queda muda, está aterrada.

- Yo maté a Blas. – Tu mirada cambia, pareces un auténtico asesino. – Y ahora vas a acompañarme a la salida si no quieres acabar como tu compañero.

Te colocas en la espalda de la doctora, apretando el cañón de la pistola contra su cuerpo, salís de la enfermería y camináis por el pasillo en dirección a la salida. En unos 40 segundos llegáis al control de seguridad, el guardia está tomando un café y leyendo el periódico, solo os ve cuando ya estáis a un metro del detector de metales, rápidamente reacciona, tira el café y se dirige al panel de control.

- Si pulsas ese botón la mato.

El guardia se queda paralizado. Caminas lentamente junto a Cristina, pasáis el detector, pita por tu pistola, aceleras en paso.

- Vamos, rápido. – Le susurras a la doctora en el oído mientras os dirigís a la puerta de salida. – Ahora vas a abrir tu coche y me vas a dar las llaves, ¿entendido?

Cristina mueve la cabeza de arriba abajo para mostrarte que así lo hará, cruzáis la puerta, el guardia da la alarma, corres hasta el coche arrastrando a la doctora, ella abre la puerta y te entrega la llave.

- Yo no era un mal tipo antes de entrar aquí.

Con esa frase te despides y arrancas el motor, sales del aparcamiento a toda velocidad y te diriges a las carreteras secundarias, sabes que la policía ya debe estar buscando el coche de Cristina. Eres libre, sin embargo, te sientes peor que nunca, la muerte de Blas te acompañará el resto de tu vida, de tu nueva vida de fugitivo.

FIN

- ¿Eso es Coca-Cola?

Tu pregunta obtiene una rápida respuesta.

- Sí, ahora bébete todo el vaso.

- No puedo, soy alérgico a las bebidas gaseosas, cuando bebo me pongo de color rojo y se me bloquea la respiración. Una vez, de pequeño estuve a punto de morir por beberme un vaso de Coca-Cola.

El guardia parece furioso. Sujeta tu pelo con una mano y con la otra te acerca el vaso a la boca.

- Me da igual lo que me digas, te vas a beber esto, lo quieras o no.

- ¿Estás loco? Quita eso de su boca. – Uno de los guardias le aparta la mano a su compañero. - ¿Es que quieres matarle?

- Blas, escúchame, el director me ha dicho que el preso tiene que beberse esto, ¿entiendes?

Tu ángel de la guardia se encara con el otro guardia.

- Me dan igual las palabras del director. Te ha dicho que no puede beber Coca-Cola, ve y tráele un vaso de agua. – Blas parece un vigilante con sentido de la responsabilidad. – Puedes beberte tu ese refresco, ¿o es que también eres alérgico?

El guardia tira con rabia el vaso al suelo y se marcha enfadado. Blas se gira hacia ti y te ayuda a caminar.

- Tranquilo, ahora en el patio puedes beber agua en la fuente.

Salís al patio, la expectación por el partido de baloncesto es impresionante, las gradas están llenas de presos, en la cancha los jugadores de ambos equipos entrenan. Jorge parece ser el líder de los reclusos, cuando te ve se acerca hacia ti y te pregunta.

- ¿Qué tal estás?

- Fatal, no puedo casi andar, entenderás que no juegue hoy.

- Sí claro, siéntate y disfruta del espectáculo.

El exjugador profesional te ayuda a subir a la grada y corre de nuevo hacia la pista. Parece ser el único de su equipo con un físico aceptable para el baloncesto, el resto de prisioneros no le llegan ni a la altura del pecho. Por su parte, el equipo formado por los guardias de seguridad parece sacado de una película de acción, puro músculo sin control.

El partido empieza, el público grita y anima, el ambiente es perfecto. Jorge anota la primera canasta sin excesivos problemas, con el paso de los minutos se empiezan a ver signos de rabia en la cara de alguno de los vigilantes. Al terminar el primer cuarto, los prisioneros tienen una ventaja de 10 puntos, siendo Jorge la estrella del partido.

El público celebra la victoria provisional, todos menos uno, el hombre que está sentado a tu lado parece estar en otro mundo, tiene un cuaderno y un lápiz, está dibujando el edificio de la prisión y, al mismo tiempo, realizando algunos cálculos matemáticos, tiene unos 40 años y un aspecto extraño. Decides saludarle.

- Buenos días, ¿no te interesa el partido?

- Me encanta el baloncesto, es una de mis pasiones. Pero ahora mismo estoy sumergido en algo mucho más importante, algo auténtico. Por cierto, mi nombre es Félix.

- Dibujas muy bien. – Dices, señalando al cuaderno. – Esto de aquí es el muro ese, ¿no?

- Exactamente.

- ¿Y estos cálculos matemáticos?

Félix responde con una sonrisa.

- Fuegos artificiales.

Te parece una respuesta simpática, decides indagar más.

- Parece un plan de fuga.

- Tuve un plan de fuga hace poco, traté de escapar una noche por los baños, todo estaba perfectamente planeado, creo que me faltó un compañero, pero esto que dibujo no es un plan de fuga, son los fuegos artificiales más espectaculares que jamás se hayan visto en esta prisión.

Se reanuda el partido, de nuevo Jorge es el primero en anotar, recibe la pelota en la línea de triples, amaga con lanzar a canasta, esquiva a dos jugadores rivales y machaca el aro. Se empiezan a ver los primeros encontronazos y el juego se vuelve más sucio, prácticamente cada jugada acaba en falta, esto calienta más y más al público.

Félix continúa con sus cálculos, dibuja una fórmula química que te resulta familiar, la del TNT, un potente explosivo, te interesas por su obra.

- ¿Y cuándo será el espectáculo pirotécnico?

- No lo sé todavía, me falta uno de los ingredientes.

Por un momento piensas en que ese científico chiflado puede ser tu llave para salir de la prisión, decides ver hasta dónde está dispuesto a llegar.

- Yo lo conseguiré, simplemente dime que debo hacer, estoy deseando ver el espectáculo que preparas.

Félix se emociona, sus ojos se iluminan y te da instrucciones durante cinco minutos sin pausa.

El partido continúa, la ventaja en el marcador se ha incrementado y es ahora de 16 puntos, los prisioneros celebran cada punto con provocaciones hacia los guardias, quedan 7 segundos para el final del segundo cuarto, solo hay tiempo para una jugada más, Jorge recibe la pelota en el centro de la cancha, esquiva a varios rivales y se dirige rápidamente hacia la canasta, salta desde la línea de tiros libres dejando a todos impresionados, uno de los guardias le intercepta en el aire con un fuerte empujón, una agresión sin sentido, Jorge cae al suelo y se dobla un tobillo, grita de dolor, comienza una pelea entre guardias y prisioneros.

Los antidisturbios no tardan en entrar en acción y el partido queda suspendido. Todos los presos son encerrados en sus celdas a excepción de Jorge, que es trasladado a la enfermería. Tu compañero Armando te saluda al entrar en la celda y bromea con la situación.

- Ha sido un buen partido, seguro que después de haber pasado unos días en aislamiento habrás disfrutado de tal espectáculo, incluso ha durado más de lo que me esperaba, no recuerdo cuando vi por última vez un partido en esta cancha que no acabara en batalla campal.

- ¿Qué puedes decirme de Félix?

- Un tipo raro. – Armando te mira fijamente, como tratando de descubrir qué pasa por tu mente. – Os he visto antes hablando en la grada, Félix es un loco de la ciencia, dicen que destruyó la casa de su vecino con explosivos, no parece un hombre muy equilibrado mentalmente, también hay otros rumores sobre un tesoro, pero no creo que sean verdad, ¿en qué estás pensando?

Le cuentas todo el plan a tu compañero de celda, su reacción es positiva.

- Una cosa está clara, ese pequeño Einstein puede liar una buena aquí dentro.

- Le he dicho que le ayudaría a fabricar una bomba. ¿Cómo consigo lo que le he prometido?

- Ah… El ingrediente secreto. – Armando sonríe. – Has vendido la piel del oso antes de tenerla. Creo que deberías buscar en el almacén, solo hay un pequeño problema, las cámaras de vigilancia, tendrás que conseguir que las desconecten.

- ¿Y cómo hago eso?

- Chantajeando al vigilante.

- ¿Y cómo?

- Comprando información sobre él.

- Pero… ¿Cómo? ¿A quién? – Tus preguntas no obtienen respuesta, Armando te mira fijamente a los ojos y entonces te das cuenta de que conoces a la persona indicada. Susurras en voz baja. – El Jefe…

- Exactamente amigo, yo puedo ayudarte con los trámites, mañana tendrás la información que necesitas, pero debes saber una cosa, la información no es barata aquí dentro y como no tienes dinero para pagar, tendrás una deuda.

- Lo entiendo, estoy dispuesto a asumir los riesgos, consigue esa información, por favor.

El resto del día pasa con normalidad, varios prisioneros han sido trasladados a las celdas de aislamiento por lo sucedido en el partido. A la mañana siguiente el Jefe se acerca a ti durante el desayuno.

- Armando me ha dicho que necesitas algo del almacén, las gestiones ya están hechas, no tendrás que chantajear a nadie, yo me encargo de todo, las cámaras de seguridad del almacén estarán desconectadas entre las 11:00 y las 11:20, ¿entendido?

- Sí.

- Me debes 3.000 €, empezarás a pagarme la semana que viene.

No respondes con palabras, sino que lo haces con la cabeza, el Jefe te realiza una última pregunta.

- Dime solo una cosa, porque Armando no me ha querido responder, ¿qué necesitas del almacén?

- Tengo una adicción. – Mientes. – No puedo dormir por las noches sin una pequeña dosis.

- No pensaba que fueras un drogadicto.

- Aquí todos tenemos nuestros defectos.

El Jefe se aleja, parece satisfecho con tu respuesta. La hora del desayuno acaba y consigues acceder al almacén sin ser visto, esa misma tarde te reúnes con Félix.

- Aquí tienes lo que necesitabas, ¿cuándo será el espectáculo?

- Ahora mismo, dame 5 minutos.

El científico se dirige hacia un cubo metálico que hay en una esquina del patio, no sabes muy bien lo que hace, pero vuelve al cabo de unos minutos para pedirle un cigarrillo a otro preso, lo enciende y lo lanza contra el cubo.

Una fuerte explosión hace temblar los cimientos de la prisión, el muro de piedra salta por los aires, hay una gran brecha, el camino hacia la libertad se ha abierto. La detonación ha pillado por sorpresa a prisioneros y guardias, todos tardan unos segundos en reaccionar, los primeros corren para escapar mientras los segundos sacan sus armas y tratan de interceptarlos.

Corres como nunca antes lo has hecho, también Félix con una sonrisa gigante en la cara.

- ¿Has visto los fuegos artificiales? ¡Magníficos! ¡Oh sí!

Su felicidad se ve interrumpida de repente. Una bala le alcanza en la pierna y cae al suelo, miras hacia atrás y le ves gritando de dolor, otros presos continúan corriendo, los guardias no pueden controlarlos a todos, la libertad está a unos metros de ti, ¿qué haces?

Si decides volver para ayudar a Félix, ve a la página 108

Si abandonas a tu compañero y corres hacia adelante, ve a la página 109

Das media vuelta, no piensas en las consecuencias ni por una milésima de segundo, debes ayudar al hombre que está en el suelo sufriendo.

- ¿Estás bien?

- Me duele... Voy a morir... - Félix llora al tiempo que habla. -Yo solo quería aventuras en mi vida, tienes que admitir que los fuegos artificiales han sido hermosos.

Tratas de presionar la herida para que no sangre, puedes ver como varios prisioneros salen corriendo de la cárcel, la alarma suena a todo volumen, se escuchan disparos provenientes de varias direcciones, uno de los guardias se acerca hacia vosotros con la porra en la mano, corriendo como un loco, te golpea fuertemente en la cabeza y pierdes el conocimiento.

Abres un ojo y analizas el lugar donde te encuentras, parece ser una celda de aislamiento, sin embargo, no estás solo, allí hay tres presos más.

- Ya se despierta la bella durmiente. – Uno de ellos bromea. – Habrás soñado con los angelitos.

- ¿Qué pasa? ¿Por qué estamos aquí?

El mismo hombre contesta a tus preguntas.

- No tienen suficientes celdas de aislamiento para todos, así que las estamos compartiendo, vaya locura ha montado el científico loco.

- ¿Sabes si está vivo?

- No tengo ni idea, yo fui uno de los primeros en salir, me atraparon en el bosque cuando intentaba cruzar un río.

Otro de los prisioneros se acerca a ti y te susurra al oído.

- Tengo un mensaje del Jefe para ti, dice que está muy decepcionado porque sabe que le mentiste sobre el almacén y que quiere que le pagues el dinero que le debes antes del miércoles.

- Pero... ¿Cómo voy a reunir dinero si estoy aquí encerrado?

El prisionero se encoge de hombros y te responde.

- Ah... Amigo, ese es tu problema.

Os mantienen tres días en la celda de aislamiento, después salís y volvéis a hacer vida normal, a excepción de una cosa, tenéis completamente prohibida la salida al patio, tratas de buscar dinero de todas las formas posibles, no consigues reunir ni una décima parte de lo que debes, llega el miércoles y el Jefe se presenta en tu celda a primera hora de la mañana. No hace falta que digas nada, él ya sabe que no tienes su dinero, invita amablemente a Armando a salir de la celda, tu compañero obedece, te mira fijamente a los ojos, tu rostro confirma que no has conseguido lo que le debes, saca una pequeña pistola y, sin dudarlo ni un segundo, te dispara en la cabeza.

FIN

No puedes dejarte llevar por las emociones, corres como un poseído hacia la libertad, incluso tiras al suelo a otros presos en tu afán por escapar del centro penitenciario. Escuchas los disparos detrás de ti, también algún que otro grito, finalmente consigues huir de la prisión y llegar a una zona boscosa, unos ocho presos corren junto a ti, los carceleros os siguen de cerca.

Corréis sin descanso hasta llegar a un río, todos tus compañeros deciden cruzarlo, tú no, optas por dejarte llevar por la corriente, río abajo. Parece que tu estrategia funciona, los guardias se centran en atrapar a los prisioneros que tratan de cruzar el río, no les resulta difícil, eres el único que sigue en libertad.

Recorres casi un kilómetro en el agua, está muy fría, no te importa. Finalmente, llegas a una zona donde el río discurre con mayor tranquilidad, el agua se estanca en un pantano, nadas hasta una orilla, allí te tumbas un momento a descansar, estás agotado. Piensas en el pobre Félix, su plan era magnífico, lástima que no haya podido escapar contigo, pero la ley de la jungla impera, solo los más fuertes sobreviven.

Se escuchan pasos acercándose rápidamente a tu posición, no tienes tiempo de reaccionar, varios policías nacionales te apuntan con sus pistolas, levantas las manos en señal de rendición.

- No puede ser... ¿qué haces tú aquí? ¿Y con esa ropa de preso? Nos dijeron que te habías ido de vacaciones.

La voz es inconfundible, una antigua compañera de la policía es quien te ayuda a levantarte, sabes que puedes confiar plenamente en ella.

- Me alegro de verte. Tengo mucho que contarte...

FIN

Tu alma de policía se impone a las ideas locas de fuga.

- Esto puede ser arriesgado, pero creo que es lo correcto, traicionaremos a los latinos, tú obtendrás privilegios en la prisión y después me ayudarás a escapar.

- Que así sea, mañana hablarás con Jhony, le dirás que estoy dispuesto a colaborar porque te debía un favor, por la noche trataréis de fugaros, pero os lo impedirán, intenta quedarte atrás en el grupo cuando estéis escapando, es posible que haya un tiroteo.

- De acuerdo.

Os despedís fríamente, sientes un cosquilleo que te recuerda a la emoción previa a los operativos policiales, repasas una y otra vez el plan, aunque sabes que, como siempre, tendrás que improvisar.

Llega la mañana y con ella, el momento de la verdad, encuentras a Jhony esperando en la cola del desayuno con su bandeja en la mano, te acercas a él y le susurras al oído.

- Esta noche saldremos de aquí, el Jefe va a ayudarnos con los guardias.

- ¿Y no ha pedido nada a cambio?

- Me debía un favor.

Jhony analiza todo en su mente, al cabo de unos segundos sonríe y te invita a pasar delante de él en la cola del desayuno.

El día pasa con normalidad, todos están impacientes, eres testigo de varias conversaciones del tipo: ¿qué vas a hacer cuando salgas de aquí? Los latinos parecen tener más aprecio por sus familiares y amigos del que imaginabas.

Llega la hora de la verdad, estáis en la mesa terminando de cenar, uno de los guardias se acerca a vosotros y os dice:

- Venid conmigo, hoy os voy a llevar yo a vuestras celdas.

Os miráis los unos a los otros a la cara, no es el procedimiento habitual, sabéis perfectamente lo que va a suceder, puedes ver sonrisas en las caras de tus compañeros. Salís del comedor y camináis por el pasillo en dirección al bloque de celdas.

El guardia que os guía parece no encontrarse muy bien, de repente se detiene, se apoya en la pared, está mareado, tras unos segundos cae al suelo boca abajo, sabes que está fingiendo, pero su actuación es merecedora de un premio Oscar.

- ¡Vamos! Es el momento.

Jhony guía al grupo hacia el patio, llegáis en menos de un minuto, no se ve a ningún vigilante en la torre.

- Parece que el Jefe ha hecho bien su trabajo.

El líder de los latinos es el primero en correr hacia el túnel, el resto le seguís. Una vez llegáis al agujero, decides dar tu opinión.

- Jhony, tú deberías ir primero, yo me quedaré en la retaguardia.

- No, algo me huele mal aquí, todo ha sido demasiado fácil, tú vendrás conmigo, estarás a mi lado, y si algo sale mal...

Un cuchillo gigante sale de los pantalones de Jhony, te empuja y entráis en el túnel, avanzáis rápidamente, la salida se ve a lo lejos, en todo momento sientes la respiración del líder de los latinos detrás de tu oreja.

Llegáis al final del túnel, lo primero que ves es la luna, lo siguiente es un grupo de unos 20 guardias de seguridad de la prisión fuertemente armados, os apuntan con fusiles de asalto.

- ¡Alto!

Jhony pone el cuchillo en tu cuello y te utiliza como escudo humano.

- Traidor...

- No, yo...

No puedes terminar la frase, el líder de los latinos está poseído por la ira, con un movimiento rápido te hace una profunda herida en el cuello, se escuchan disparos y gritos, todo acaba para ti.

FIN

- Creo que lo haré mucho mejor en el jardín.

El aire libre es agradable, te ayuda a reflexionar, trabajas junto a Jorge y otros presos, puedes ver al grupo de los latinos un poco más alejado del resto, uno de ellos se acerca a ti.

- ¿De qué hablabas con el científico loco?

La pregunta te sorprende.

- Pues... de nada en particular. Nos acabamos de conocer.

- No quiero volverte a ver hablando con él nunca más, ¿entendido?

No entiendes las amenazas del miembro de la banda de los latinos, piensas que lo mejor es no ponerle nervioso.

- Sí, sí, claro, lo entiendo, no volveré a hablar con él.

El latino vuelve con su grupo, es un hombre con pinta de ser peligroso, varios tatuajes tapan sus brazos casi por completo. Te giras hacia Jorge y preguntas.

- ¿Sabes a qué ha venido eso?

- Veo que eres nuevo aquí. - El exjugador de baloncesto sonríe. - ¿No conoces los rumores sobre Félix?

- Pues la verdad es que no.

- ¿Y te ha dicho por qué entró en la prisión?

- Me ha contado que tuvo un accidente y que destruyó la casa de su vecino... Bueno, y que mató a su mascota, eso es todo.

Jorge deja su trabajo para centrarse en la conversación.

- ¿Y no te habló del oro de Moscú?

- ¿El oro de Moscú? – Te sorprende la pregunta de tu compañero. – No, la verdad es que no me dijo nada sobre eso.

- Imagino que conoces la historia, al principio de la guerra civil los republicanos sacaron del país un tercio del oro de la reserva nacional, dicen que fue a parar a Francia, a Rusia y a otros lugares. A cambio, los republicanos obtuvieron apoyo militar durante la guerra, aunque de poco les sirvió. – Jorge relata los hechos con auténtica pasión. – Pues, ¿y si te dijera que una parte del tesoro nunca salió de España? Al parecer había varios kilos de oro enterrados en la propiedad de Félix, él encontró los primeros lingotes por accidente y continuó excavando hasta que su avaricia le hizo destruir la casa de su vecino.

- ¿Y qué hizo con lo que encontró?

- Esa es la clave, nadie sabe nada. La policía le interrogó durante días, pero Félix se hizo el loco. Varios prisioneros han intentado sacarle la información, pero nadie ha tenido éxito.

Piensas que Félix debe ser un pobre desgraciado, la prisión es el peor lugar del mundo para tener un secreto así y que salga a la luz, no quieres ni imaginar las torturas que estarán dispuestos a hacerle los latinos y otros presos peligrosos.

La jornada de trabajo termina, no paras de pensar en la historia que te ha contado Jorge. Llega la hora de la cena y os dirigís al comedor, allí ves a Félix, solo de nuevo, comiendo unas patatas fritas que previamente ha ordenado en su plato de mayor a menor. Dos prisioneros se sientan junto a él, uno a cada lado, empiezan a molestarle y a amenazarle, nadie hace nada, ninguno de los guardias mueve ni un solo dedo. Tú estás con tu bandeja en la cola de la comida mirando con rabia lo que está sucediendo. Los prisioneros levantan a Félix y le llevan andando por la fuerza hacia los baños, sabes que algo malo va a pasar, vuestras miradas se cruzan, el científico te hace un gesto con la mano para indicarte que todo va bien y que no hagas nada, sin embargo, tu instinto de policía y de responsabilidad no te permiten quedarte de brazos cruzados. ¿Qué haces?

Si vas tras ellos y ayudas a Félix tú mismo, ve a la página 114

Si prefieres avisar a los guardias, ve a la página 115

No lo dudas ni un segundo, dejas tu bandeja en una mesa y te diriges tras ellos, les interceptas a pocos metros de la puerta del baño.

- ¡Dejadle!

Empujas a uno de ellos y el otro trata de golpearte, esquivas el ataque y proteges a Félix. No hay tiempo para mucho más, los guardias intervienen e inmovilizan a los prisioneros que se muestran especialmente agresivos, uno de los vigilantes te llama la atención.

- ¿Qué ha pasado?

Contestas sin dudar ni un segundo.

- Estaban llevándose a mi amigo contra su voluntad, simplemente se lo he impedido, aunque ese debería haber sido vuestro trabajo.

- No te pases de listo.

El guardia te dedica una mirada amenazante, todas las personas en el comedor pueden ver el espectáculo que habéis montado, te retiras junto a tu nuevo amigo.

- ¿Todo bien?

Félix contesta agradecido.

- Sí, muchas gracias por tu ayuda, pero…

- Ni peros ni nada, vamos a comer.

Coges tu bandeja de nuevo y te sientas en la mesa junto a Félix. Bromeáis sobre diferentes temas, no mencionas en ningún momento el oro de Moscú, aunque tienes todo el tiempo ese pensamiento rondando tu cabeza. Termina la cena y os dirigís a la zona de la televisión, es noche de cine y van a poner la película "Contratiempo".

Tras pasar una agradable velada, Félix se despide con un fuerte abrazo, parece que siente que puede confiar en ti. Tú decides quedarte un poco más, estás tumbado en uno de los sofás, la sensación es fantástica, casi como si estuvieras en tu propia casa, cierras los ojos por un instante para imaginarlo. Sabes que tienes un par de minutos hasta que los guardias vayan al salón a echar a todo el mundo.

De repente varias personas te sujetan por las piernas y los brazos, son los latinos, uno de ellos te tapa la cara con un cojín y aprieta fuertemente, forcejeas para liberarte, pero es inútil, escuchas sus palabras, aunque no puedes ver nada.

- Mentiroso, me has dicho por la mañana que no ibas a hablar con él, y veo que le defiendes, cenáis juntos y no paráis de conversar, ¿no me respetas?

Tratas de hablar, no puedes, empieza a faltarte el oxígeno, todo se vuelve negro y dejas de pensar, es tu…

FIN

Dejas tu bandeja y te acercas disimuladamente a uno de los guardias, no quieres parecer un chivato, informas de lo que está sucediendo sin que nadie se dé cuenta en el comedor, el guardia soluciona la situación rápidamente volviendo a sentar a Félix en su mesa y enviando a sus agresores a otra zona.

Al pasar junto al científico le diriges unas palabras.

- He visto que tenías problemas con esos dos, siento no haber corrido a ayudarte.

- Tranquilo no te preocupes, yo tampoco lo habría hecho. – Félix bromea. – Pero lo que sí que he podido ver es que has sido tú quien ha avisado al guardia para que me salvara, gracias.

- De nada, pero me temo que nuestra amistad es algo casi imposible, me han amenazado de muerte y tengo prohibido hablar contigo.

- Pues será mejor que te vayas a otra mesa.

Miras a tu nuevo amigo y asientes con la cabeza, te sientas solo en una mesa alejada de él. Puedes escuchar las discusiones de otros presos, es lo más interesante de tu cena. Por la noche te diriges a la sala de cine, allí te encuentras de nuevo con Félix.

- Amigo imposible, creo que deberías ir a mear.

Tras decir esta frase, se aleja en dirección a los baños, decides seguirle.

- Cierra la puerta. – El científico te da instrucciones. – Ahora sígueme.

Obedeces, tu nuevo compañero te conduce hasta la zona de las duchas, en concreto a una que está fuera de servicio desde hace meses.

- Todo lo que has oído hablar sobre mí es cierto. – Félix se sincera contigo. – Tengo un tesoro escondido y pienso ir a por él, hay suficiente oro para jubilarnos en una isla tropical.

- ¿Y por qué me cuentas esto a mí?

- Vamos a escaparnos esta noche, aunque te conozco poco, he podido ver que eres una persona noble y de confianza. También creo que eres el único merecedor de una parte del tesoro, no quiero ser el más rico del cementerio. Y ahora, ayúdame.

Entre los dos, hacéis unas escaleras improvisadas con un banco, Félix quita uno de los azulejos de la parte superior de la pared y cae una mochila negra.

- Toma, ponte esto en la espalda y sígueme.

Obedeces sin rechistar, os coláis por el agujero, hay un pequeño túnel excavado hacia arriba, recorréis dos o tres metros y salís al tejado de la prisión.

- Estás loco. – Exclamas emocionado. - ¿Esto lo has hecho tú?

- Yo solito, amigo. Vamos, tenemos que darnos prisa, no tardarán mucho en darse cuenta de que no estamos donde deberíamos.

- ¿Y qué nos pasará si esto sale mal?

- Tú no sé qué harás, pero si no consigo escapar hoy pienso volar por los aires los muros de la prisión con explosivos.

Corréis por el tejado hasta llegar a un muro vertical. Félix saca una cuerda de sus pantalones, la ata a un zapato, el cual lanza por encima de una barra de metal, por el peso del zapato, la cuerda vuelve a caer junto a vosotros.

- Hay que subir ahí arriba, vamos a usar la técnica de la polea, primero yo subiré y tú tirarás de la cuerda, cuando yo esté arriba te ayudaré a subir.

Con ese plan, Félix podría traicionarte y abandonarte una vez esté arriba, pero hasta el momento no te ha dado motivos para desconfiar de él.

- De acuerdo, así lo haremos.

Tu compañero se ata la cuerda alrededor de la cintura y comienza a escalar el muro, tú le ayudas tirando con todas tus fuerzas del otro extremo, finalmente consigue llegar hasta la parte superior, desaparece en la oscuridad de la noche.

Tras unos segundos, vuelves a ver a Félix en lo alto del muro, te hace señas para indicarte que es tu turno, él tira de la cuerda fuertemente y consigues escalar la pared sin demasiados problemas.

Estáis en uno de los puntos más altos de la prisión, las vistas son espectaculares, los potentes focos iluminan algunas zonas mientras que otras están en la más completa oscuridad.

- ¿Y ahora qué? – Preguntas. – Imagino que no va a venir un helicóptero a buscarnos en plan Matrix.

- Mucho mejor que eso, abre la mochila.

Haces lo que tu compañero te dice, hay varias barras metálicas y una gran tela negra, Félix se pone a montar algo que poco a poco va cogiendo forma, es un ala delta hecho con materiales reciclados de la prisión.

- Oh, no, no, no. Debes estar muy loco si piensas que yo me voy a subir en eso.

Tu miedo a las alturas de la infancia vuelve a inundar tu cuerpo al ver ese aparato casero. Félix se ríe de tu cobardía.

- Amigo, solo hay una vida, y no pienso pasarla aquí dentro, puedes venir conmigo o quedarte en este tejado.

Tus opciones no parecen ser muy buenas, esperar a que los guardias te encuentren o saltar a lo desconocido, finalmente optas por la que tiene más opciones de terminar con todos los huesos de tu cuerpo rotos.

Sujetas el ala delta con fuerza, Félix hace lo mismo.

- A la de tres corremos a toda prisa y luego saltamos, ¿ok?

- De acuerdo.

- ¡Tres!

Corréis como nunca antes lo habíais hecho, al llegar al final del tejado saltáis con todas vuestras fuerzas, sobrevoláis la prisión y os dirigís hacia la valla.

- No tenemos la altura suficiente, nos vamos a estrellar.

Estás aterrado, tu compañero parece estar disfrutando del viaje mucho más que tú.

- ¡Sí! Esto es vida.

- No, no, no, no, no.

Ves como la valla se acerca poco a poco. No puedes evitar gritar.

- ¡Vamos a chocar…!

Pasáis rozando la valla con los pies. Aterrizáis a unos veinte metros de la prisión y continuáis corriendo. La adrenalina se convierte en euforia y felicidad.

- ¡Libres!

FIN

Te agachas y coges disimuladamente el papel, lo abres y se lo muestras a tu compañero. Empujas con tu pie el cuerpo de Roberto debajo de una mesa para esconderlo.

- Esto parecen ser los planos del sistema de ventilación de la prisión, quizás este pobre desgraciado esté pensando en fugarse por aquí. – Félix analiza el documento detalladamente. – Aquí puedo ver una ruta que podría ser viable, pero para ello habría que desactivar todo el sistema, por no hablar de que el acceso está en un cuarto vigilado durante todo el día por un guardia. Tengo un plan mejor, nos vemos esta noche en los baños, a las 21:00, no llegues tarde.

Las palabras de tu compañero te sorprenden, no sabes muy bien lo que está planeando, pero te da la impresión de que merece la pena descubrirlo.

Salís rápidamente de la cocina, el cuerpo de Roberto sigue inconsciente en el suelo. No puedes evitar hacer la pregunta.

- ¿Seguro que no está muerto?

- Tranquilo, yo controlo. – Las palabras de Félix suenan peor que las de un conductor borracho. – Es una mezcla casera que he diseñado yo mismo.

Los guardias descubren el cuerpo pasados unos veinte minutos, para entonces la cocina ya está totalmente vacía, Roberto se despierta en la enfermería y asegura no recordar lo sucedido.

No contentos con su testimonio, los guardias deciden hacer un registro general y una ronda de interrogatorios. En las celdas encuentran de todo: cepillos de dientes convertidos en armas blancas, teléfonos móviles, droga e incluso una pequeña videoconsola portátil. Los interrogatorios son bastante duros, los guardias no son conocidos precisamente por su delicadeza, ni tú ni Félix contáis nada de lo sucedido.

Cuando piensas que ya ha terminado todo, uno de los vigilantes se acerca a ti.

- ¿Se puede saber qué es esto?

El guardia ha encontrado los planos del sistema de ventilación escondidos debajo de tu colchón, inmediatamente te trasladan a una sala vacía donde te interrogan a fondo sobre el tema, te defiendes limitándote a decir que no sabes nada de esos documentos y que alguien debe haberlos colocado bajo tu colchón. El interrogatorio se vuelve más y más violento, recibes golpes por todo tu cuerpo, finalmente terminas por confesar una historia falsa.

- Me amenazaron, me dijeron que tenía que guardar esto para ellos y que si no lo hacía me matarían.

- ¿Quién te obligó a esconder esos planos? – El más agresivo de los guardias es quien hace las preguntas. - ¿Cuándo y dónde te entregaron los documentos?

- Fue el Jefe, ayer en el patio, podéis comprobarlo en las cámaras, me dijo que si no lo hacía me esclavizaría y después me ofrecería a otros presos como sirviente a cambio de dinero.

Contando esa historia consigues que pare la lluvia de golpes, los guardias deben comprobar si lo que les has dicho es verdad, entre dos de ellos te llevan a la enfermería.

- Pero, ¿qué le ha pasado a este? – La doctora les reprocha a los guardias. – Imagino que también se ha resbalado en la ducha. Últimamente me dais demasiado trabajo, esta semana tengo a los prisioneros en parejas en la enfermería.

- Son ellos los que nos obligan, créeme Cristina. – Uno de los guardias trata de justificarse. - Si tú estuvieras ahí abajo nos entenderías.

La doctora no termina de convencerse con la excusa del vigilante, te atiende lo mejor que puede y decide dejarte en observación una noche.

El ambiente se tranquiliza conforme baja el sol, la doctora vuelve a su casa y un solo guardia es el encargado de controlar la zona de la enfermería, miras al reloj de la pared, las nueve y cuarto. Piensas en la cita que tienes con Félix, no te cabe la menor duda de que merece la pena acudir. Aprovechas un momento en el que el guardia sale de la habitación para levantarte, te diriges sigilosamente hacia la puerta, te duele todo el cuerpo, abres la puerta suavemente, sacas la cabeza lo suficiente como para comprobar que el pasillo está vacío, es tu oportunidad.

No te da tiempo a salir, sientes como algo te rodea el cuello y tira de ti hacia atrás, una pierna ajena cierra la puerta de una patada.

- He estado mucho tiempo soñando con este momento. – La voz de Roberto suena a escasos centímetros de tu oreja. - ¿Dónde están los planos?

- Los... tienen... los guardias...

Casi no puedes responder, Roberto tira con fuerza de la sábana que rodea tu cuello y te ahoga.

- Estúpido, tú y tu amiguito el científico loco habéis acabado con mi plan de fuga, al menos me queda la venganza. Estoy aquí por tu culpa, he pasado noches enteras recordando el momento en el que me traicionaste.

- No... lo... hagas...

Tus palabras suenan cada vez más débiles, luchas por liberarte, pero es inútil, el oxígeno finalmente deja de llegar a tu cerebro, es tu...

FIN

Con un movimiento rápido coges el ácido del armario y lo guardas en uno de tus bolsillos, al volver a tu posición inicial, ocultas el cuerpo de Roberto debajo de una mesa.

Salís de la cocina y os dirigís al patio, allí le ofreces a Félix lo que acabas de robar.

- Mira, tengo un pequeño regalito para ti. – Le muestras disimuladamente el ácido a tu compañero. – Seguro que con este juguetito podrás divertirte.

- Ni te imaginas las ganas que tengo de volar algo por los aires.

Félix tiene una sonrisa que muestra su felicidad, parece un niño emocionado en Navidad.

- ¿Sabes por qué he dejado inconsciente a Roberto?

- Déjame adivinar. – Respondes. - ¿Eres una especie de superhéroe que ayuda a los débiles?

- Te he reconocido, al principio tenía mis dudas, pero cuando estábamos en la cocina he recordado por qué me sonaba tu cara, te vi hace unos meses en la comisaría de la calle Alcántara, me fijé en ti porque trabajabas como un loco, parecía que fueras el motor de aquella comisaría.

- Pues mira donde he acabado…

- Seguro que tienes una historia fascinante que contarme. – Félix se sienta en un banco. – No he quedado con nadie, tengo todo el tiempo del mundo.

Decides que el científico es un hombre de confianza, además te ha defendido cuando lo necesitabas. Le cuentas la historia de cómo acabaste en la prisión, con todo tipo de detalles. Félix escucha con atención, te deja hablar durante unos cinco minutos y toma la palabra.

- ARTUS… Esos cerdos… Yo también tengo algo que contarte, lo que te he dicho en el comedor sobre por qué estoy en prisión no es del todo cierto.

- Parece que todos tenemos nuestros secretos. – Bromeas, te sientes cómodo hablando con Félix. – Ahora me dirás que eres el hijo secreto del rey, o algo peor.

- Encontré un tesoro en mi finca, el famoso oro de Moscú, enterrado en varios lugares, excavé una mina, a mayor profundidad, más grande era el premio, ya no recuerdo ni la cantidad de kilos de oro que desenterré. Es verdad que se me fue de las manos y destruí una parte de la casa de mi vecino, pero no estoy aquí por eso.

- ¿Por el oro?

- Exactamente, cuando la policía empezó a sospechar que había encontrado uno de los mayores tesoros de la historia de este país comenzaron los interrogatorios extraoficiales, ya no les importaba la casa de mi vecino, entré en prisión provisional y desde entonces han estado intentando sacarme la información, pero yo jamás les diré donde escondí el oro. Estoy seguro de que todo esto que me están haciendo no aparecerá nunca en los informes oficiales.

- El oro de Moscú, no me lo puedo creer, pensaba que era un mito.

- Pues con el paso del tiempo, las visitas de la policía se convirtieron en duros interrogatorios con hombres vestidos de negro, con el logo de ARTUS en sus uniformes.

- Es increíble lo que la gente está dispuesta a hacer por dinero.

- El mismo director de la prisión me lo dijo: "te vas a pudrir aquí dentro, a no ser que nos digas dónde está el oro"

- Tenemos que hacer algo. – Te hierve la sangre de rabia al ver a los ricos abusando de su poder. – Ayúdame a enviar un mensaje al exterior y acabaremos con ellos.

Félix analiza la situación durante un par de segundos, después te expone su plan.

- No te lo vas a creer, pero esta noche pensaba escaparme de este lugar.

- ¿Escapar? ¿Cómo?

- Olvida eso, ahora tenemos cosas más importantes que hacer, he construido un pequeño túnel hacia la azotea del edificio, la entrada está oculta en las duchas, esta noche nos vemos allí cuando todo el mundo esté viendo la película.

- De acuerdo, ¿puedo saber qué planeas?

- Creo que será mejor darte una sorpresa. – Félix te guiña un ojo en señal de complicidad. – Y ahora déjame tranquilo, tengo mucho trabajo que hacer.

La hora del patio termina, al volver al bloque de celdas notas algo extraño, hay mucho más movimiento de guardias que normalmente, quizás sea por lo que ha pasado en la cocina. Los vigilantes registran todas las celdas, después comienzan a interrogar a los prisioneros, si no han ido directamente a por ti es porque Roberto no ha hablado.

Finges no saber nada, esto te hace pasar desapercibido, nadie sospecha de ti, solo hay dos personas en la prisión que saben lo que ha ocurrido, y una de ellas está de tu parte.

Durante la cena no ves a Félix, tampoco a Roberto, es como si hubieran desaparecido, te sientas en una mesa solo, sin saber muy bien qué hacer. Se acerca la hora de la película, decides acudir a tu cita. Entras en los baños y allí no parece haber nadie, buscas en la zona de las duchas, ni rastro de tu compañero, algo debe haberle pasado, quizás le hayan encerrado en aislamiento durante los registros, o algo peor.

De repente escuchas un ruido, algo se mueve en el techo, Félix asoma la cabeza por un agujero.

- ¡Vamos! No hay tiempo que perder, te ayudo a subir.

Atravesáis un pequeño túnel hasta llegar a la azotea, el viento sopla con fuerza, es un punto bastante alto, las vistas son espectaculares. Félix se pone a trabajar en lo que parece un mini-cohete espacial, te ofrece un bolígrafo y un papel.

- Toma, escribe aquí todo lo que me has contado antes, con nombres y detalles, después firma la carta, vamos a enviar un mensaje al exterior.

Haces lo que tu compañero te ha pedido, te parece sorprendente todo lo que está haciendo por ti, cuando parece que ya ha terminado, se levanta y utiliza una linterna para hacer señales luminosas en dirección al bosque, allí alguien le responde con otras señales de luz.

- Mi contacto está en posición, vamos a enviar el paquete.

- ¿Has organizado tú todo esto?

- Así es.

Félix contesta orgulloso, introduce tu papel firmado dentro del cohete, hace los cálculos pertinentes y acciona el disparador. El artefacto sale volando, asciende rápidamente hasta una altura a la cual ya es difícil de ver, poco a poco inicia el descenso y aterriza en la zona donde se encontraban las señales de luz.

- ¡Bingo! Vámonos de aquí, los guardias no tardarán en aparecer.

Volvéis a la zona de la televisión, nadie sospecha de vosotros.

- Misión cumplida amigo. – Sonríes sin ocultar tu alegría. – No sé cómo agradecerte lo que has hecho por mí.

- No hay nada que agradecer, los hombres sencillos debemos unirnos para luchar contra las corporaciones.

- De todos modos, gracias.

- Ahora permíteme contarte lo que va a suceder, mi contacto en el exterior va a denunciar tu desaparición, así como la trama de corrupción de ARTUS y los interrogatorios ilegales que me están haciendo. En unos días aparecerán por aquí miembros de la policía judicial haciendo preguntas incómodas, nos encargaremos de que te encuentren y entonces todo se habrá acabado. En unos meses estaremos disfrutando de un mohito bien fresquito en una playa tropical.

Las palabras de tu compañero suenan como una dulce melodía para tus oídos, al cabo de unos días todo sucede exactamente como lo había planeado Félix.

FIN

- Lo siento, pero no puedo hacerlo. Tenemos un compromiso con el grupo, lo haremos todos juntos.

A Roberto no le gustan tus palabras, su cara lo refleja perfectamente. Los guardias os van sacando de la cocina.

- Estás cometiendo un grave error, contigo o sin ti yo escaparé, ¿me das esa pistola o voy a tener que quitártela? ¿Por las buenas o por las malas viejo amigo?

- Toda tuya.

Entregas el arma disimuladamente a Roberto, el cual sonríe como un matón del instituto, para ti es un alivio librarte de la pistola, casi piensas que te hace un favor al quitarte el problema de encima.

- No digas nada de esto a nadie. – Roberto te amenaza. – Si alguien descubre mi plan eres hombre muerto.

- Tranquilo, no diré nada.

Pasan las horas, el ambiente en la prisión es tranquilo, quizás demasiado tranquilo. Por la noche recibes un regalo inesperado, un pequeño paquete te espera debajo de tu almohada, en su interior encuentras un teléfono móvil encendido, no tiene ningún número de teléfono en la agenda ni datos en el registro de llamadas, tampoco hay mensajes de texto ni tiene acceso a internet, intentas marcar un número de teléfono y llamar, sin embargo, el aparato tiene bloqueadas las llamadas salientes. Decides preguntarle a tu compañero de celda, Armando.

- ¿Tú sabes quién ha dejado esto aquí?

- Pues la verdad es que no, pero me apostaría una buena cantidad de dinero a que ha sido el Jefe.

La pantalla del teléfono se enciende y este empieza a vibrar, una llamada entrante de un número oculto.

- Parece que vamos a salir de dudas ahora mismo. – Comentas al tiempo que aceptas la llamada. - ¿Hola?

Armando tenía razón, la imponente voz del Jefe se escucha al otro lado de la línea.

- ¿Por qué le has entregado tu arma a Roberto?

La pregunta te sorprende, tratas de escapar de la situación con otra pregunta.

- ¿Cómo sabes eso?

- No insultes a mi inteligencia por favor, tengo ojos y oídos en todas partes, ¿lo has olvidado?

Decides contar la verdad.

- Roberto me ha propuesto escapar con él, traicionándoos a vosotros, pero no he aceptado su propuesta, entonces me ha obligado a darle la pistola.

- Interesante... - El Jefe piensa durante unos segundos. – Y... ¿Cómo exactamente piensa fugarse de aquí?

- Ha conseguido los planos del sistema de ventilación, mañana a la hora del patio va a utilizar la pistola que ahora tiene en su poder para obligar a un guardia a dejarle entrar en el almacén, desde allí accederá a uno de los conductos de ventilación, por donde intentará escapar.

Durante medio minuto nadie pronuncia ni una palabra, dudas, quizás no deberías haberle dicho al Jefe todo lo que sabías. Este último es quien rompe el silencio.

- Perfecto, tu ex compañero acaba de ofrecernos un plan de fuga, será nuestra cabeza de turco, asegúrate de estar mañana en el grupo de lavandería.

Aceptas sin saber muy bien a qué se refiere el Jefe, pasas la noche casi entera pensando en los posibles escenarios a los que te tendrás que enfrentar el próximo día.

Llega la mañana, el desayuno transcurre con normalidad, los prisioneros salen al patio, miras constantemente hacia Roberto, está en un lugar apartado, cerca del almacén, sabes perfectamente lo que está tramando. Ves como habla con el guardia que vigila la puerta del almacén, sus cuerpos están muy cerca el uno del otro, casi pegados, el guardia abre la puerta y los dos entran en la sala, Roberto debe haber utilizado la pistola para intimidar al vigilante.

Acaba la hora del patio, los guardias os separan en grupos para trabajar, de nuevo eres uno de los últimos en escoger.

- Tú, nuevo. Ven aquí. – Valero, el más veterano de los guardias, es quien reclama tu presencia. – Hay varios del grupo de lavandería que se han puesto enfermos y necesitan ayuda, así que hoy vas a trabajar limpiando sábanas.

- De acuerdo.

No sabes si es la casualidad, el destino o la influencia del Jefe lo que te ha hecho acabar en la lavandería, pero sí es de sobra conocido que ni la casualidad ni el destino tienen presencia en la prisión, todo ocurre porque alguien así lo ha querido.

La lavandería es un lugar húmedo, oscuro y no demasiado agradable, el trabajo es monótono y aburrido. Armando se encuentra a tu lado, tarareando una canción infantil mientras dobla las sábanas limpias, el Jefe está también en la sala, configurando una lavadora.

De pronto el sistema de ventilación deja de funcionar, desaparece el constante ruido de los ventiladores y la prisión se queda por unos segundos en el más absoluto de los silencios.

- ¿Qué ha pasado? – Los guardias se preguntan entre sí. – Parece un fallo general del sistema. ¡Llamad al director!

Armando susurra en tu oído.

- El plan del Jefe parece que funciona, el cuerpo de Roberto ha obstruido la turbina principal y el sistema ha caído.

- ¿Roberto está muerto? ¿Triturado por un ventilador? – Una mezcla de sorpresa y miedo corre por tus venas. - ¿El Jefe sabía que esto iba a suceder?

- Cabeza de turco.

La electricidad es lo siguiente en tener problemas, las luces de todo el centro penitenciario se apagan de golpe, la sala queda prácticamente a oscuras. Dos hombres te sujetan por los brazos y te arrastran hacia la zona de las lavadoras. Lo único que escuchas es la voz del Jefe.

- Tranquilo, no digas nada, toma esto, lo necesitarás.

Recibes una pequeña botella de agua, lo siguiente que sientes es que te introducen dentro de algo metálico, como si fuera el maletero de un coche, te encierran por completo, es un lugar claustrofóbico. La luz vuelve a funcionar.

- ¡Guardia! Esta lavadora no funciona. – Grita uno de los presos. – Creo que se han quemado los circuitos con el apagón, hay que llamar al servicio técnico.

- A ver, déjame que le eche un vistazo. – El vigilante inspecciona la máquina. – Pues sí, parece que está averiada, tendréis que lavar a mano hasta que la reparen.

Se escuchan las protestas de la mayoría de los prisioneros, la jornada de trabajo continua, los guardias no han percibido tu ausencia. Al cabo de una o dos horas, el silencio vuelve a la lavandería, los presos y los guardias se dirigen al comedor, todos menos tú, que sigues escondido dentro de la lavadora averiada, la sensación es angustiosa, apenas puedes moverte y hace un calor horrible.

Pasas otras dos horas sin escuchar nada, pensando en si saldrás de allí con vida o no, la puerta de la lavandería se abre y escuchas a dos hombres hablando.

- Vamos a ver esa lavadora, ¿es aquella de allí?

- Sí.

- Voy a examinarla.

- Muy bien, esperaré aquí.

Escuchas como alguien manipula los controles de la máquina.

- Vamos a tener que llevarnos esta lavadora y traer otra, se ha quemado el motor, la reparación saldría más cara que traer un modelo nuevo.

- Haga lo que tenga que hacer, pero arregle esto lo antes posible.

- Muy bien, mañana mismo tendrán aquí su lavadora nueva, ahora mismo nos llevamos esta, creo que va a ir directamente al contenedor.

- Muchas gracias, ¿necesitan ayuda?

- No, nos apañamos solos.

Sonríes, el plan funciona a la perfección, la gran máquina se mueve durante unos minutos, escuchas puertas abrirse y, finalmente, un sonido de motor, todo parece indicar que estás dentro de un camión. Alguien abre la tapa metálica y te libera.

- Bienvenido a extracciones exprés. Eres un hombre libre.

FIN

- No, esto me parece muy raro. – Armando trata de defenderte. – Él no ha hecho nada, no puedes llevártelo.

El guardia no dice ni una palabra, saca su porra y golpea a Armando en la barriga, tu compañero se retuerce de dolor en el suelo, tratas de ayudarle.

- ¡Vamos!

El guardia te sujeta del brazo y te levanta.

- Vale, vale, ya voy.

Respondes aterrorizado, lo mejor que puedes hacer es obedecer. Caminas por el pasillo junto al guardia, cada vez os alejáis más del comedor, estás nervioso, decides preguntar.

- ¿Dónde vamos? ¿Qué ha pasado? Yo no he hecho nada. ¿Por qué no me respondes?

El hombre ni siquiera te mira, avanza a paso firme por el pasillo, abre la puerta de una sala, te obliga a entrar y te sigue.

- Siéntate.

En la sala únicamente hay una mesa metálica y dos sillas, tomas asiento en una de ellas, la puerta se abre de nuevo, un hombre elegante se sienta enfrente de ti.

- Nos vas a hundir, uno de mis contactos en la radio me ha dicho que habéis filtrado un vídeo, vamos a acabar todos en la prisión...

No puedes evitar interrumpir al hombre.

- Al menos iréis a prisión con razón, no como yo.

- ¿Te crees que me gusta tenerte aquí? Estás aquí por tu culpa, si no hubieras metido las narices donde no te llamaban...

- Espero que te pudras en la cárcel, tú y todos los que habéis hecho esto.

- El barco se hunde, las ratas tratarán de escapar, pero yo no, ni tampoco me pienso hundir solo. - El hombre no oculta su rabia. – Voy a llevarme conmigo a todos los que me han delatado.

El guardia que se encuentra detrás de ti obedece una orden de su jefe y te tapa la cabeza con una bolsa de plástico, no puedes respirar, tratas de luchar y liberarte, no lo consigues, el oxígeno deja de fluir, pierdes la consciencia. Has cumplido tu misión, la trama corrupta de ARTUS ha sido descubierta, sin embargo, no vivirás para verlo.

FIN

- No, esto me parece muy raro. – Armando trata de defenderte. – Él no ha hecho nada, no puedes llevártelo.

El guardia no dice ni una palabra, saca su porra y la levanta para golpear a tu compañero, no se lo permites, te lanzas con todas tus fuerzas sobre él y logras quitarle la porra, levantas a Armando y entráis corriendo en el comedor.

Vuestra escena no pasa desapercibida, el hecho de que os hayáis enfrentado con éxito a uno de los guardias anima a los demás prisioneros, muchos de ellos se levantan y se lanzan contra los vigilantes que se ven sorprendidos. Armando, todavía dolorido, se aleja de la lucha, sin embargo, tú te unes enloquecido por la adrenalina de la situación. Has iniciado un motín, no hay vuelta atrás.

Los guardias se ven superados, en cuestión de minutos los prisioneros controlan el comedor. Te sientes el líder de la revuelta, tomas el mando y organizas la defensa.

- Tú, junta a los guardias en esa esquina, ahora son nuestros rehenes. Vosotros, tapad las cámaras de seguridad. Y tú, Darko, bloquea las puertas.

- Sí, señor.

Darko es un hombre corpulento, el más grande que has visto en toda tu vida, con una gran barba y un sentido del humor peculiar. En el pasado combatió junto a los serbios durante la Guerra de los Balcanes, tras perder a su familia, su camino se torció y acabó en una prisión española.

- Es nuestro momento de exigir cosas. – Te diriges hacia tus compañeros, en realidad, todo lo que quieres es ganar tiempo y que tu mensaje llegue al exterior. – Ahora somos nosotros los que tenemos el control, podemos pedir todo lo que queramos.

- ¡Una excursión a Benidorm! ¡Un jacuzzi!

Se respira un ambiente de euforia, se escuchan risas y gritos de alegría. Uno de los prisioneros se dirige hacia ti.

- Este está herido.

Efectivamente, uno de los guardias tiene una herida bastante fea en la cabeza, enfrentarse a Darko en solitario fue una mala idea para él.

- Hay que llamar a un médico, se está desangrando.

- Pues que se muera. – Jhony, el líder de los latinos se acerca al malherido vigilante y le coloca un cuchillo en el cuello. – Podría ahorrarle sufrimiento y acabar con esto ahora mismo.

- Nadie va a matar a nadie. – Respondes. – Vamos a negociar, y los guardias son nuestra moneda de cambio.

Jhony te mira con mirada desafiante, no parece ser el tipo de hombre al que le gusta seguir órdenes de otros. Coges la radio de uno de los guardias y llamas a la centralita.

- ¿Hola? ¿Con quién hablo?

- Soy el jefe de seguridad Valero, ¿a qué cojones estáis jugando?

- Tenemos los accesos al comedor bloqueados y a cinco de los tuyos como rehenes, queremos hablar con el director. Y será mejor que venga un médico rápidamente, uno de los guardias se está desangrando.

- Dejadle salir ahora mismo. – Valero responde en un tono nervioso. – Al otro lado de la puerta esperan los antidisturbios, ellos le atenderán.

Te armas de valor, sabes que tienes el control de la situación.

- Nadie va a salir de aquí, el médico tendrá que venir.

- ¿Y qué garantías tengo de que no le pasará nada al médico?

- A parte de mi palabra, ninguna.

- Dame un minuto.

La llamada se corta, al poco tiempo se vuelve a escuchar la voz de Valero.

- De acuerdo, Cristina va a entrar, examinará al herido y saldrá sana y salva.

- Estaré en la puerta esperando.

Abres uno de los accesos al comedor, allí puedes ver a un grupo de unos quince antidisturbios fuertemente armados, Cristina se encuentra entre ellos.

- Bienvenida, doctora, es un placer verte de nuevo.

- Siento no poder decir lo mismo.

- Pensaba llamarte e invitarte a cenar, pero mira cómo se ha complicado el día.

Cristina entra en el comedor, se dirige hacia el guardia y le trata la herida. Darko bloquea las puertas de nuevo. Jhony se acerca a la doctora.

- ¿Y si nos quedamos con esta preciosidad? Podríamos pasar un buen rato juntos.

Toda la banda de los latinos y otros prisioneros se unen a Jhony.

- Nadie va a tocar a la doctora. – Bloqueas el paso al grupo. – Cuando termine de hacer su trabajo, saldrá por esa puerta sin que nadie le haga o diga nada.

- ¿Y crees que vamos a asustarnos porque tú te pongas ahí en medio? – Jhony te amenaza. – Si no te apartas ahora mismo, vas a acabar peor que el guardia.

La multitud se ríe y anima a Jhony.

Darko se sitúa junto a ti, con su fuerte acento serbio, contesta.

- Vosotros no tocar chica. Yo estar con él.

La cara de Jhony y del resto del grupo cambia por completo, nadie tiene valor para enfrentarse a la montaña humana que es Darko, sin decir ni una palabra se disuelven y se alejan.

- Muchas gracias. – Cristina os mira con cara de alivio. – Ya he terminado, he detenido la hemorragia, no le mováis, tiene que descansar.

- Muy bien, ya puedes irte. – Ayudas a la doctora a levantarse y la acompañas hasta la puerta. – No soy una mala persona, siento mucho por todo lo que te he hecho pasar, pero estoy desesperado por demostrar mi inocencia, hoy mismo demostraré que estoy aquí dentro injustamente, secuestrado.

La doctora sonríe al despedirse.

- Si es así, estaré encantada de aceptar tu invitación a cenar.

Darko bloquea las puertas una vez más. Reúnes a los amotinados en el centro del comedor.

- Ahora ha llegado el momento de la verdad, ¿qué vamos a pedir?

- Que nos cambien la margarina por mantequilla.

- Me parece bien, ¿algo más?

- ¡Un concierto privado de Shakira!

El resto se ríe, interrumpes la euforia con seriedad.

- Por favor, nos estamos jugando mucho. No es momento para estupideces.

Tu pequeño discurso se ve interrumpido por la radio que tienes en tu bolsillo, la voz de Valero se escucha con alguna que otra interferencia.

- Eres un cabrón, has montado toda esta revuelta y resulta que eres policía, tu historia está saliendo ahora mismo en todos los medios de comunicación.

- Menos mal.

- Nada de eso, por lo que a mí respecta, sigues siendo un prisionero, y estás en un buen lío.

- Estamos dispuestos a liberar a los rehenes y rendirnos si el director acepta unas ligeras mejoras en el día a día de los presos, como por ejemplo cambiar la margarina por...

- El director tiene problemas más gordos ahora mismo, y ya te digo yo de su parte que no aceptamos ninguna de vuestras exigencias.

La comunicación por radio se corta. Te diriges hacia el resto de tus compañeros

- Van a entrar.

- Tú eres uno de ellos. – Jhony te amenaza con la mirada. - Deberíamos cortarte el cuello para dar ejemplo.

No hay tiempo para más, las puertas se abren de golpe, un gran número de guardias fuertemente armados entran en el comedor y comienza una nueva batalla, los prisioneros arman barricadas con las mesas y lanzan todo tipo de objetos contra los antidisturbios. La lucha se vuelve más y más violenta, tratas de mantenerte al margen, no quieres poner en riesgo tu libertad.

- ¡Matad a los rehenes! – Jhony grita como un loco dirigiéndose hacia los guardias que se encuentran atados en el suelo. - ¡Y al policía infiltrado también!

Varios miembros de la banda de los latinos siguen a su líder, miras fijamente a Darko y le dices:

- Hay que parar esta locura.

- Tú tener razón amigo. – El serbio no conjuga los verbos al hablar. - Jhony ser loco.

Los dos corréis en la misma dirección que los latinos, los apartáis a empujones y os situáis frente a los guardias.

- Nadie va a matar a nadie.

Jhony parece poseído, no reacciona a tus palabras, avanza con un cuchillo en la mano a toda prisa, Darko no lo duda ni un segundo, se lanza contra él placándolo como si estuviera jugando al rugby, Jhony salta volando por los aires y cae sobre varios de sus compañeros, inmediatamente los latinos se acobardan y huyen en diferentes direcciones.

Los antidisturbios no tardan en tomar el control del comedor, uno de ellos se quita el casco frente a ti, es Valero.

- ¿Y contigo? ¿Qué vamos a hacer? Organizar un motín puede traerte problemas, quizás seas inocente de lo que se acusó para entrar aquí, pero hoy la has liado bien gorda.

- Jefe, un momento. – Uno de los rehenes interrumpe a Valero. – Estos dos nos han ayudado, yo diría que nos han salvado la vida, y también a la doctora.

- Así es. – Otro de los guardias confirma la historia de su colega. – El loco de Jhony y sus secuaces querían ejecutarnos, ellos se lo han impedido.

- Bueno, veo que tu instinto de policía sigue funcionando en la cárcel. – Valero sonríe y te da unos golpecitos en el hombro. – Creo que podremos olvidar lo que ha pasado hoy, serás libre muy pronto.

FIN

Made in the USA
San Bernardino, CA
07 December 2018